VLADARG DELSAT

СЕСТРЕНКА

ИЗ СНА

Copyright © 2024 by **Vladarg Delsat**

All rights reserved.

No part of this publication may be reproduced, distributed, or transmitted in any form or by any means, including photocopying, recording, or other electronic or mechanical methods, without the prior written permission of the publisher, except as permitted by copyright law.

The story, all names, characters, and incidents portrayed in this production are fictitious. No identification with actual persons (living or deceased), places, buildings, and products is intended or should be inferred.

Book Cover by **StudioGradient**

Edited by **Lyubov Pershakova**

Copyright © 2024 by **Vladarg Delsat/Владарг Дельсат**

Все права защищены.

Никакая часть этой публикации не может быть воспроизведена, распространена или передана в любой форме и любыми средствами, включая фотокопирование, запись или другие электронные или механические методы, без предварительного письменного разрешения издателя, за исключением случаев, предусмотренных законом об авторском праве.

Сюжет, все имена, персонажи и происшествия, изображенные в этой постановке, являются вымышленными. Идентификация с реальными людьми (живыми или умершими), местами, зданиями и продуктами не подразумевается и не должна подразумеваться.

Художник **StudioGradient**

Редактор **Любовь Першакова**

СОДЕРЖАНИЕ

Булли	1
Зло рождает зло	11
Сирота	21
Хоспис	31
Призрак спасения	41
Больница	51
Сестрёнка во сне	61
Море	71
Страшный чёрный колдун	81
Кто любит слёзы?	91
Авария	101
Удар судьбы	111
Интернат	121
Коррекционная школа	131
Дед Мороз и шанс	141
Спасение	151
Мамочка, папочка и Алёнка	161
Посольство	171
Работа над ошибками	181
Где-то далеко…	191
Новый Год	201
Подарок Деда Мороза	211
Здравствуй, школа!	221
Течение времени	231
Сноски	241

БУЛЛИ

СТАРШАЯ

— Н-на, тварь! — я бью её в живот, чтобы добавить с ноги.

Посмевшая подать голос, когда её не спрашивали, Лерка падает на грязный заплёванный пол, чтобы свернуться в клубочек. Знает, что я добавлю с ноги, чтобы знала своё место, падаль! Девчонки вокруг подзуживают, кричат что-то, а я срываю ремень с сумки и начинаю её лупить куда попало. Лерка визжит, но ей никто не поможет, даже учителя не войдут — по-моему, им наплевать.

Я здесь самая крутая, со мной даже пацаны не рискуют связываться! Потому что зверею я моментально, и горе тому, кто вызвал мой гнев. Лерка-то что, она обычно тихая, а сегодня что-то развякалась, сявка малолетняя. Ну и получила ремнём. О! А это мысль!

— Ну-ка, переверните её! — приказываю я, и девки, сразу понявшие, чего я хочу, разворачивают Лерку на живот.

Под отчаянный визг я наказываю не вовремя открывшую рот девчонку, пока не выбиваюсь из сил. Здесь все делают то, что я сказала, а некоторые получают от этого удовольствие. Вон Лариске нравится смотреть на унижения других, но побить она никого не может, а Танька, наоборот, наслаждается криками и мольбами. Сейчас заставит Лерку ботинки свои вылизывать, но мне это неинтересно, я уже спустила пар.

На деле я, конечно, Лерку не гноблю, просто сегодня она берега потеряла, вот и будет учиться держать рот закрытым. Никому она ничего не скажет, потому что боится, а мои родаки меня по-любому отмажут, да и девчонки скажут, что ничего не было. А вот если начнется шум, то ей лучше вешаться самой, и она это знает. Здесь все всё знают, потому что школа у нас такая.

Надо руки помыть после этой падали. За спиной слышится скулеж, всхлипы и звучные шлепки — значит, Танька приступила к своей программе. Пойду я отсюда, домой пора. Лерка теперь надолго запомнит, ну и остальным это будет уроком — когда я говорю, все должны молчать.

Выхожу из туалета, резко пробив фанеру пацану из параллельного класса, за каким-то хреном оказавшемуся рядом с дверью в женский туалет. Насилие, конечно, возможно, но у нас не рискуют, знают — за такое потом яйца вырву, и никакая полиция не спасет. Им это совершенно не надо. Зверинец у нас тут, если подумать, но если не буду бить я, то опустят меня, как в первом классе было — гнобили, уже не помню, за что, ну а потом я, конечно, научилась и метелила всех, до кого добралась.

Накинув куртку и оглядевшись, выхожу из школы и двигаюсь в сторону автобусной остановки. О судорожно дышащем пацане, которому я ногами добавила, даже и не думаю. Ничего, не сдохнет, тварь очкастая. Нечего возле сортира ошиваться. Вот и мой автобус, кстати.

Предки у меня нормальные, насколько может быть нормальным это не знающее жизни старичье. Ладно, надо хоть причесаться, чтобы не зудели над ухом: «Ты же девочка!» И что, что я девочка? Пацаны девчонок бьют точно так же, и за жопу хватают, и... не только. Отпор не дашь — зажмут в кабинке и — «прощай, девственность». Это всем известно, но откуда... В общем, насколько я знаю, такого ещё не было. А если и будет, кто ж расскажет? Хотя пацаны вроде вменяемые, одно дело — раздеть, другое — вот это вот...

Ладно, завтра, говорят, новенькая будет. То ли больная, то ли дурная, не зря сегодня на полном серьёзе просили не пришибить. Михална, завучиха наша, пыталась на жалость пробить, чем приговорила дуру. Короче, болячка у новенькой, может дышать перестать, надо будет сегодня глянуть, куда её бить нельзя, а то срок с земли поднимать никому не надо.

Моя остановка. Я выхожу на улицу из пропахшего потом и бензином автобуса, оглядевшись. Привычные зеленые насаждения, так называемые деревья, с обломанными ветками выглядят, как неудачные пародии, ну и дома наши — пятиэтажные хрущёвки, обшарпанные, с воняющими мочой подъездами, разрисованными стенами, несмотря на внушительные кодовые замки.

Предки у меня старой закалки, по детству меня ремнём лупили почём зря, но я выросла и озверела. Теперь папашка три раза подумает, прежде чем ударить. А в детстве — да, я до сих помню этот ужас... И накрывающая паника, когда ремень занесён, и потом, когда всё болит и чешется потом долгое время. Батяня любил по голому телу, значит, чтобы результатами полюбоваться, скотина... Я всё ждала, когда он меня лапать попытается лет в четырнадцать. Не попытался, и то хлеб.

Захожу в наш третий подъезд. Третий подъезд, третий этаж, пятьдесят первая квартира. Кодовый замок ожидаемо не работает, поэтому толкаю тяжёлую дверь, едва не поскользнувшись на чьей-то блевотине. Нестерпимо несёт кошачьими ссаками, хоть не дыши вообще, поэтому на третий этаж взлетаю стрелой, отпираю два замка и змейкой просачиваюсь в узкую маленькую прихожую. Фф-у-ух! Здесь-то пахнет получше.

— Всем привет, я дома! — громко возвещаю я и шмыгаю в свою комнату.

Малюсенькая комнатёнка вмещает кровать, старый, обшарпанный стол, вид которого вызывает подсознательный страх, шкаф, в котором барахло моё накидано, ещё — трюмо, я же эта... девочка, чтоб им всем! Туда улетает моя сумка. Теперь надо вылезти из штанов и надеть домашнее платье, а то орать будут до посинения. Зачем им нужно, чтобы я была в платье, я себе ещё по детству представляю, но теперь-то — не тогда! Теперь я себя бить не позволю, да и сильнее уже стала, неужели это непонятно?

Ладно, всё равно придётся. Бросаю джинсы, осмотрев их — вроде нигде крови не видно. Не моей, разумеется, но всё равно нужно к следам относиться аккуратно, в тюрьме я ничего не забыла. Скидываю и футболку, чтобы влезть в идиотское платье.

Сразу же чувствую себя немного неуверенно, потому что теряется ощущение защищённости, отчего моментально зверею. Ну, сами виноваты, я вас за язык не тянула. И вот в таком нежно-голубом наряде пай-девочки, но совершенно озверевшей уже внутренне, волокусь на кухню.

— Много двоек схватила? — интересуется мама, поморщившись при виде меня. — Смотри, будешь плохо учиться...

— Что, кроссы обещанные зажмёте? — едко интересуюсь я. — Или «неси ремень»? Та всё уже! Поезд ушёл, ясно тебе?

— Что за слог у тебя! — вздыхает мама, слегка жеманно прислоняя руку ко лбу. — С тобой невозможно разговаривать! Если тебе так не нравится, то можешь валить отсюда! — моментально переходит она на крик.

— Что? Выгонишь на улицу? — шиплю я.

— В детский дом пойдёшь, девка подзаборная! — орёт она мне в ответ.

А дальше начинается обычный ежедневный скандал. Бессмысленный и беспощадный, потому что заканчивается пшиком. Я сваливаю к себе, послав всех на три буквы, ну а потом приходит папа нас мирить, как он это называет. Ну, тише становится, конечно, этого не отнять...

Надо было выждать, конечно, тут я дурака сваляла. Кто ж знал, что мамашка сторожить будет, всегда же прокатывало! Ну, сигареты кончились, вот я и полезла к предку, чтобы полтинник на курево вытянуть, а тут она с деревяшкой какой-то. Как заорёт! Зря я считала, что сильнее, поэтому еду сейчас, баюкая руку, да и в голове муть... Значит, попала гадюка...

Ничего, в школе мне за это кто-то точно заплатит! Найду, на ком пар выпустить, хотя мамашка озверела, конечно, хоть побои снимай. Но тогда мне точно детский дом светит, что не в моих интересах. Ничего, я ещё придумаю, как отомстить, она пожалеет, что вообще на меня руку подняла! Она у меня ещё слезами умоется, а сегодня слезами умоется кто-то другой.

Рука болит жутко, надеюсь, мамашка мне её не сломала. Ещё за волосы схватила так, что защищаться пришлось. Отец её еле оттащил, но потом пообещал серьёзный разговор вечером. Точно бить будет, он иначе не умеет. Ничего, вот оторвусь на ком-нибудь, не так страшно будет... Напугала меня мать с палкой этой круглой и большими безумными глазами.

Автобус останавливается прямо у школы, я подхватываю здоровой рукой сумку и выскакиваю из транспорта, чтобы увидеть шарахнувшуюся от меня Лерку. Неужто я её так сильно отходила вчера, что она теперь шарахается? Да нет, не до крови же получила, да и за дело.

— Лерка, иди сюда! — кричу я ей, она вздрагивает, опускает голову, но подходит.

— Здра-здравствуй, Маша, — во какая вежливая стала, хоть и запинается.

— Привет! — как ни в чём не бывало сообщаю я, выдав ей в руки мою сумку. — За мной!

Она поражена, потому что этот мой жест означает не только тот факт, что она прощена, но ещё и то, что опускать её не будут, а значит, вчерашнее было разовой акцией. Кажется, она даже веселеет на глазах, а я в это время ищу, на ком бы сорвать злость. Очень хочется отомстить за утренний на мгновение объявший меня страх, но попадаются только малолетки. Да и те сразу же разбегаются от Бешеной Машки.

О! Новенькую сегодня приведут, можно будет с ней поиграть. Бить её не сразу начну, кто знает, может она покладистая. Ха-ха! Будет у меня любимой жертвой, не иначе. А пока... Чёрт, ни одной жертвы, или поразбежались все, или ещё чего... С новенькой, кстати, можно бы и растянуть удовольствие на несколько дней, но не в моём теперешнем настроении точно.

Курить хочу, просто не могу, но пока нельзя. Училка учует, крику будет на всю школу, дура истеричная... Ладно, буду злее. Вот в таком настроении я и вхожу в класс. Лерка протягивает мне сумку дрожащими руками. Что с ней девки сделали-то вчера, что её так трясёт? Лариска, что ли, переусердствовала? Надо будет на перемене перетереть вопрос, а то забьют ещё, а Лерка — это моя игрушка.

Звонок звенит, сейчас английский будет. Тягомотина,

никому на хрен не нужная. И училка — дура, десять слов выучившая, да и сам предмет полон идиотизма, как и всё в этой школе. Интересно, жертву прямо сразу на заклание приведут или дадут ей ещё подышать напоследок? Очень мне не терпится поглазеть на ту, что сегодня будет в ногах у меня ползать, умоляя о пощаде.

Дверь медленно раскрывается, и в сопровождении завучихи подколодной появляется это нежное создание — моя личная жертва. Тощая, того и гляди переломится, платье простое, украшений не видно, скукоженная какая-то и кажется, что сейчас заревёт. Нет, ну реветь-то она будет, конечно, но не прямо сейчас. Сначала уроки пройдут, а вот потом пожалеет, что не подохла раньше. А завучиха лыбится... По слухам, она малолеток у себя в кабинете то ли запугивает, то ли бьёт, но бывало от неё с мокрыми штанами выходили, а меня как-то пронесло.

— Познакомьтесь с новенькой, — сообщает завучиха. — Карина Стронцева будет учиться с вами. Карине может стать плохо, в таком случае следует звать кого-то из учителей.

— Чтобы отпели, — слышится комментарий со стороны пацанов.

— Кто это сказал?! — орёт завучиха. — Быстро встал и признался!

Ага, дураков нет! Со стороны пацанов только хмыки доносятся. У нас девки с пацанами не садятся, чёткое разграничение, да и устраивать скандал на уроке оттого, что тебя облапали, никому не надо — всем от этого хуже будет.

Потому у нас договор: все разборки — после школы, они гнобят своих, мы — своих, все довольны.

Карина, значит... Делюсь с соседкой сходу придуманной дразнилкой, которая мгновенно расходится по классу. Игра начинается, значит. Ну а пока новенькая пытается усесться рядом с ошарашенным от такого Васькой Ипатовым. С ним даже я в здравом уме не села бы, тем более она в платье. Кажется, день будет интересным...

Начинается урок, я же наблюдаю краем глаза, что делает Васька. Вот новенькая вздрагивает, на мгновение поднимает взгляд, явно полный паники, на что я широко ухмыляюсь — точно под юбку полез. Ипатов такой — и в трусы залезть может, потому с ним только кулаком и можно разговаривать. Видимо, он спрашивает, нравится ли новенькой, — в своей манере, как он умеет — с издёвкой, она что-то отвечает, и Васька буквально шарахается. Не поняла...

Пацан явно держит руки при себе, о чём-то тихо расспрашивая девку. У неё что, предки в прокуратуре ишачат? Тогда бить её нельзя, в тюрьме я ничего не забыла. Это заставляет меня напрячься, чтобы понаблюдать за этой Кариной, но мажорку в ней ничего не выдаёт, а вот после уроков ко мне подходит Ипатов.

— Машка, не трожь Каринку, — просит он меня в своей манере. — У неё мать умерла неделю как, не по-людски будет.

— Что, предки мощные? — интересуюсь я.

— Нет, сирота она... — качает головой Васька, что рождает внутри меня какое-то злобное предвкушение. — Просто не по-людски, понимаешь?

— А ты решил за сиротинушку вписаться... — шиплю я, оскалясь, и без предупреждения резко бью его по яйцам.

— Бешеная, ты что?! — кричит Петька, это смотрящий наш, значит.

Буквально в трёх фразах объясняю ему, в чём конкретно дело, отчего оно смурнеет. Васька за вписку сегодня заплатит, отметелят его по беспределу, потому что договор есть договор. Но то, что она сирота, и за ней никто не стоит, — новость очень хорошая. Даже прекрасная, я бы сказала.

Карина эта будто чувствует чего... Пока я разбиралась с Васькой, испарилась просто. Ну ничего, завтра тоже будет день, да и я раз в десять злее буду, судя по обещанному мне сегодня. Ну а пока надо разобраться с Петькой, да и с Васькой, давно он напрашивался...

ЗЛО РОЖДАЕТ ЗЛО

СТАРШАЯ

Напрасно я думала, что сильнее предков. Теперь-то я понимаю, не в силах думать ни о чём другом, кроме боли. Они вдвоём быстро скрутили меня, как в детстве, а потом отец отходил меня проводом, по-моему, до крови. Я визжала, как малолетка, но меня это не спасло. Вот теперь лежу в кровати и плачу от боли. Вся задница, ноги и, кажется, спина, болят неимоверно... А ещё горят, пульсируют и вообще не понимаю, что... Боль была чуть ли не до обморока.

Больно... Очень, просто жутко больно — не пошевелиться вообще. Любое движение вызывает ещё большую боль. Не выдержав, реву в подушку. Вопрос «за что?» — глупый, понятно, за что. Если бы мамашка не спалила с батиным кошельком, всё нормально было бы, а сейчас... Озверели вкрай, пообещав, что завтра добавка будет.

Почему-то я им верю, будут лупить каждый день, пока я их во сне не удавлю. А я удавлю, как только ходить научусь.

Обоссалась, пока били, так мордой в ссаки намакали, как котёнка. Точно удавлю обоих, хрен с ней, с тюрьмой! За такое я с них с живых шкуру сниму... Ярость как-то моментально сменяется страхом. Я буквально дрожу, только представив, что папашка меня, вот так же зафиксировав, отымеет в «целях воспитания». Я представляю это настолько детально, что дрожу уже вся.

С трудом взяв себя в руки, прислушиваюсь к происходящему за дверью. Вроде тихо, поэтому надо встать, хотя бы помыться. Трусы натянуть я не смогла от боли, да и кто знает, где они сейчас? Продолжения боюсь, хоть и обещали, но, может, пугают? Второй раз такое я не выдержу. Может зарезать их, пока не поздно?

Осторожно выхожу из комнаты как есть, чтобы шмыгнуть в ванную и запереться там. Кажется, я схожу с ума... Мне надо разозлиться. Надо сильно разозлиться и придушить этих тварей, пока они меня не убили. Маме-то явно нравилось, что она видела. А от пережитого ощущения абсолютной беспомощности меня до сих пор страхом нахлобучивает.

Судя по звукам, они любятся... Точно понравилось меня лупцевать, значит, не пугают и бить будут. Что делать? Надо срочно придумать, что делать, потому что быть игрушкой у предков я не согласна, да и девки в сортире увидят следы — и прощай авторитет. Загнобят на самое днище, придётся драться каждый день...

С этими мыслями я быстро моюсь и, добежав до своей

комнаты, захлопываю дверь, прижав её затем стулом. Насколько я видела в ванной, задница вся синяя, вспухшие полосы, конечно, впечатляют... Просто живого места нет, как я завтра буду ходить и сидеть, вообще непонятно.

Я долго пытаюсь уснуть, но боль не даёт мне этого сделать. Ну и страх, время от времени поднимающийся откуда-то из глубины. Через окно вижу, как светятся окна стоящей через дорогу девятиэтажки, там тоже живут люди. Наверное, такие же твари, как мои предки... Мысли мои перескакивают на новенькую. Назавтра дразнилку о том, что она у пингвина делала, будет знать полшколы, ну а затем получит от меня. Будет визжать и о пощаде молить, тварь! А вечером возьму нож, и тогда посмотрим, как они ко мне подойдут, твари! Все твари! Всех бы вас порубить! Ненавижу!

Как будто мне днём было мало, ночь приносит кошмары, в которых меня привязывают к какой-то доске, намертво фиксирующей голову и руки, а потом... Лучше бы били! Я просыпаюсь с криком, не в силах понять, почему мне снится насилие. Как будто отец, а за ним все школьные пацаны, встав в очередь, меня... это самое. И не вырваться, не убежать. Во сне я пытаюсь спрятаться, отбиваться ногами, но спасения нет, и я чувствую дикую, страшную боль, от которой снова и снова просыпаюсь с криком.

Утром я невыспавшаяся и злая на всех. Хотя от родителей держусь подальше и поближе к ножам, при этом их совсем не слушаю. Мать что-то бормочет, я же просто беру булку, отламываю большой ломоть и, подхватив сумку, сваливаю из дома, пока опять не началось. Судя по маминому виду, ночь прошла продуктивно... Ну да ничего, отольются кошке мышкины слёзы, пожалеет тварюга, что на меня руку подняла.

Идти мне не очень просто, я в обтягивающих «противоугонных» джинсах, поэтому задница отдаёт болью на каждом шаге. От этого хочется отмутузить хоть кого-нибудь. Сделать так, чтобы выла от боли, ревела и ползала в ногах. И я знаю, кто это сегодня будет! За то, что со мной сделали, заплатит именно эта крыса!

Я вываливаюсь из автобуса, оглядев остановку, но не вижу Лерку. Как она посмела не встречать меня? Сейчас я ей покажу её место! Жалко мне стало эту тварь! Да я её! С такими мыслями почти врываюсь в школу, быстро оказавшись возле класса. Боль такая, что хочется вжарить хоть кого-нибудь. Поэтому, яростно дыша, я вваливаюсь в класс, но... Лерки там нет! Куда делась?!

Звенит звонок, вынуждая меня прекратить поиски, Лерка так и не появляется. Заболела, что ли? Странно... Классная, а ей что надо? Она внимательно смотрит на нас, что должно, наверное, по её мнению, вызывать страх, но вызывает давно только улыбки. Нам по четырнадцать, и на такие вещи мы не ведёмся.

— Дети, ваша одноклассница... — негромко произносит классная, чтобы затем объявить о том, что Лерки больше нет.

Этой ночью у Лерки по какой-то причине отказало сердце, она сдохла. Не скажу, что этот факт меня хоть как-то тронул, только разозлил — другую игрушку себе искать надо. Вот что за тварь, а? Нашла время сдохнуть! Кто-то из девчонок всхлипывает. Не поняла, это кто у нас такой жалостливый? Кого я лечить буду? Танька?! Ничего ж себе!

Холодная, злая Танька, и вдруг такие эмоции! А классная продолжает вещать о том, что сердце может отказать у каждого в любой момент, что мусора всё равно понаедут, чтобы опросить, мало ли что. Другая на моём месте призадумалась бы по этому поводу, но я уже в бешенстве. Я хочу видеть кого-нибудь униженного, орущего от боли, совсем как я недавно. А сироту никто не отмажет, даже если я её кончу в сортире. Но я её не кончу, не люблю слишком быстро ломать игрушки. А эта игрушка будет моей любимой, раз уж Лерка подохла.

Новенькая сидит рядом с Васькой, тихо с ним переговариваясь. Судя по взглядам, с-с-с... он рассказывает, кого надо бояться, но ей это всё равно не поможет, потому что последний урок — физра, а там с ней такое можно сделать... Стоп, а если она освобождена? Значит, прогуляю урок, но достану её! Мне остро необходимо спустить пар, пока я никого не убила!

Похоже, Васька серьёзно вписался за новенькую. Чуть ли не в сортир её провожает, от жвачек в волосы это не защищает, но задрать новенькой юбку не дал, выписав мелкому такого леща, что тот по полу покатился. Остальные отскочили, только дразнилки слышны о «половой жизни Карины и пингвина», как бы отец сказал. Но она будто и не реагирует, а Васька явно хочет её своей объявить.

Пацан может девчонку свою назвать, тогда она неприкосновенной становится, но за это отдуваться ему, поэтому мало кто рискует. Но Васька отбитый, у него и ходка по хулиганке есть, так что вполне может, а это значит, что нужно успеть до того, как он это сделает. Сегодня точно не сможет, не по пацанским понятиям это будет, поэтому, скорей всего, завтра. Ну ничего, завтра она меня на коленях встречать будет — или я не Бешеная Машка!

На уроках новенькая сидит с Васькой, потому не дотянуться. Ну, девки на перемене оттягиваются, называя её понятно как, а у меня ощущение, что она совсем не реагирует, что бесит просто жутко. Просто руки сжимаются сами, а в сортир приходится ходить одной и следить, чтобы мою задницу никто не увидел. Ещё и ссать больно, как будто вчера ещё и туда попало. Сволочи, какие же сволочи оказались мои предки, так бы и придушила!

Преподы, как будто чувствуют моё состояние, даже и не спрашивают, а я с каждым уроком всё сильнее зверею. Девки это видят, стараясь держаться от меня подальше, но физра всё ближе, и это заставляет держать себя в руках. В нашей раздевалке Васьки не будет, а она там переодеваться начнёт, вот тогда мы её...

Я взяла спортивные штаны, а не трусы, как обычно от нас требуют, но пусть физрук хоть что-то вякнет, я его... Хотя он меня знает, ещё год назад так от меня по яйцам огрёб — до сих пор помнит, гадёныш. Так что попрыгаем на физре, новенькая расслабится, хотя, если я хоть чуть знаю Евсеича, он сегодня люлей от Васьки отхватит, что тоже неплохо, а вот после урока...

Всё получается, как задумано. В раздевалке перед уроком все старательно Карину игнорируют, изображая бойкот, хотя мы таким не развлекаемся, но ей-то откуда знать? А потом вылезаем в зал. Странно, говорили о болезни, а бегает и прыгает новенькая со всеми. Ну и падает, потому что девки очень заботливые. Но при этом никаких эффектов нет, значит, или нас налюбили, или какая-то другая у неё болезнь.

Но, судя по тому, как поднимается после падения, ничего ей не сделается, что заставляет меня ухмыляться... И в этот момент мне в зад прилетает мяч. Боль такая, как будто грузовик с битым стеклом в меня въехал. Едва удержавшись на ногах, медленно разворачиваюсь и вижу лыбу Васьки. Это становится последней каплей: взревев, я кидаюсь на него. Бью от всей души и ногами, и руками, он пытается отмахаться, но я уже просто в диком бешенстве, потому метелю его так, как будто это он меня избил.

Оттащить меня получается не сразу, под горячую руку ещё и нашему вечно пьяному физруку прилетает, но потом пацаны меня просто фиксируют, а кто-то ещё и водой обливает. Я рычу, отфыркиваюсь, но медленно прихожу в себя, а Ваську утаскивают куда-то, при этом глаза его закрыты. Я его что, убила?

— Живой он, — хмыкает кто-то из парней. — Ну, ты дала, Бешеная...

Карина смотрит на меня с ужасом, а Ваську сопровождают в медпункт, хотя скорую не вызовут, потому что это — косяк Евсеича, а рука руку моет. Так что, раз живой остался, то, считай, повезло. А вот Каринка остаётся без защиты, что

СЕСТРЕНКА ИЗ СНА

меня радует чуть ли не до визга. Она-то этого не понимает, думает, раз до урока ничего не было, то я её после пощажу. Дура.

Нас отпускают в раздевалку, при этом я быстро перемигиваюсь с девками, раздавая указания. Сейчас будет веселье... Заставить бы её бегать голышом... А это мысль! Но сначала развлечение!

Она начинает переодеваться. И вот когда оказывается в одних трусах, на новенькую прыгают Лариска со второй Танькой. Карина пытается визжать, но ей в рот быстро суют её же спортивные трусы, избавляя ото всей одежды. Ну а дальше я беру в руку припасённый провод. Её держат, а я отвожу душу, под сдавленный визг наблюдая за тем, как вспухают полосы. Устаю я почему-то слишком быстро, как будто запал пропадает.

— На колени, жучка! — командую я, когда её отпускают. Она лежит и ревёт, тогда я бью ещё и ещё, рыча: — На колени!

Она пытается встать, упираясь руками и тяжело дыша. В этот момент я хватаю за цепочку на её шее, придушивая. Заставляя встать, как мне надо, потому что мы ещё не закончили. Цепочка ожидаемо рвётся, я зло кидаю её куда-то назад, а сама встаю поудобнее, размахиваясь, но тут что-то взвизгнувшая Карина резко прыгает на меня, ударив в то место, которое ей ещё предстоит... От неожиданности я резко заваливаюсь назад, размахивая руками, но сохранить равновесие не удаётся, и я падаю навзничь.

Под спиной что-то хрустит, и тут меня затопляет боль. Жуткая, дикая, неописуемая боль, от которой хочется кричать, но я не могу, что-то бьёт меня и в грудь, отчего дыхание куда-то исчезает, становится как-то ужасно холодно и свет отключают. Но при этом боль не исчезает, она становится то сильнее, то слабее, будто качая меня на волнах. Получается, эта сопля меня убила?

Боль опять становится запредельной, и я вижу себя. Я вижу свою оскаленную морду, занесённый ремень, понимая, сейчас я — Лерка. Боль становится всё сильнее, а вместе с ней приходит и паника, ужас от невозможности двинуться, а боль всё усиливается, хотя кажется, что больше уже некуда. Я продолжаю видеть себя со стороны и понимаю, что выгляжу действительно страшно.

— Ты будешь наказана за причинённое тобой зло, — слышу я чей-то голос.

— Ты кто? — пытаюсь я спросить, но ответа нет, зато есть боль. Невозможная боль, откуда она во мне, если я подохла? Для всех будет лучше, если я сдохну. Карина кинулась на меня после того, как я цепочку разорвала, и вякнула что-то про маму. И за какую-то побрякушку она пойдёт теперь в тюрьму? Ну, это если она меня убила, а если нет? Нет, она меня точно убила, я бы за такое убила бы. Она же точно поняла, что я хотела сделать, иначе чего кинулась? Почему мне так больно? Почему я ничего не вижу? Надо открыть глаза! Надо! Ну!

Перед глазами всё какое-то белое. Что-то гудит, что-то ритмично пищит, пятна какие-то. Два пятна совсем рядом со мной, а я от боли даже дышать спокойно не могу.

— Достаточно она нам крови попила, — произносит

папин голос. — Не расстраивайся, другую себе из детдома возьмём.

— Да, ты прав, — отвечает ему мамин, затем она явно обращается к кому-то: — Можете отключать!

— Приготовьтесь к фиксации времени смерти, — произносит равнодушный голос, а затем я чувствую совсем близко чьё-то дыхание. — Стоп! Пациентка в сознании!

Это что? Это меня хотели отключить, чтобы я сдохла? Мои родители?

СИРОТА

СТАРШАЯ

Я открываю глаза. Первое, что я понимаю — боли нет, и дышу я без этих жутких трубок. На этом, по-видимому, новости заканчиваются, по крайней мере, хорошие. Руки слабые, почти не двигаются, ноги... Как будто их вообще нет, при этом дотянуться, чтобы пощупать, я не могу. Неужели их отрезали? Да нет, не может быть, с чего бы?

Я явно в больнице, хоть и не очень понимаю, что происходит. Но, думаю, мне рано или поздно расскажут. Злые, ненавидящие слова мамы напоследок я расслышала, но, думаю, это было продолжением сна, не может же мама пожелать мне сдохнуть? Я вдыхаю-выдыхаю, пытаясь понять, что происходит. Во рту сухо, как в пустыне, голова гудит, и мне как-то нехорошо. Да ещё это чувство абсолютной беспомощности пугает, как никогда.

Дверь открывается, входит кто-то... Тётка в зелёном, может, врачиха, может, медсестра. Скорее, медсестра, судя по ворчанию. Я с трудом разлепляю губы, чтобы что-то спросить, но в этот момент она видит, что я лежу с открытыми глазами.

— Пить... — хриплю я, проталкивая слово сквозь пересохшие губы.

— Очнулась, надо же, — хмыкает женщина. В следующее мгновение что-то тыкается мне в губы. — Пей давай, сейчас доктор придёт.

Отпив какой-то удивительно вкусной воды, я понимаю, что не пила месяц, наверное. Хочется о многом спросить, но медсестра чуть ли не силой отбирает у меня поилку и сразу же уходит. Надо будет папе сказать, что они тут грубые какие-то. После питья думается немного попроще, поэтому я пытаюсь понять, что было во сне, а что — на самом деле, но мне не удаётся. Пока я занимаюсь этим, дверь опять распахивается, входит какой-то мужик, опять в зелёном. За ним ещё кто-то есть, но я не вижу, кто.

— Маша у нас в сознании, — весело сообщает этот мужик, доктор, наверное. — Чуть не отключили её, неделю в коме провела.

— Те девочки, которых из школы доставили? — интересуется кто-то из-за его спины.

— Они самые, — кивает мужик. — Характер повреждения кожных покровов одинаковый, поэтому и интересен этот случай.

— Ну, у этой-то всё понятно, — хмыкает ещё один голос, по-моему, мужской.

— А вот мы сейчас посмотрим, — сообщает доктор и просто откидывает одеяло в сторону.

Оказывается, я лежу голая, поэтому сразу же пытаюсь прикрыться, но руки почти не шевелятся, из-за чего делаю я это медленно. Властным жестом мои руки убирают в сторону, а затем, что-то делают, закрыв от меня моё тело. Я не чувствую, что они делают, просто совсем ничего не чувствую, такое ощущение, что просто рассматривают. Но вот затем они начинают колоть иголками руки, отчего я вскрикиваю.

— Итак, несмотря на оперативное вмешательство, имеем частичный паралич, — заключает врач. — Ноги полностью парализованы, рефлексы отсутствуют, частично коснулось бедер, нет чувствительности половых органов.

— Могло быть хуже, — равнодушно пожимает плечами какая-то женщина. — Хотя бы руки работают, то есть повезло.

— Да, пожалуй, — кивает мужик, — хоть как-то двигаться сможет.

Это что? Они про меня? Я что, теперь калека?! Да не может такого быть! Это не может со мной произойти! Зато, кажется, теперь мои могут лупить меня, сколько хотят, я полностью в их власти. Это всё Карина! Новенькая сопля, я её достану! Я её придушу, тварь такую! Я не могу быть калекой, только не это!

Кажется, я что-то кричу, что-то требую, но меня просто игнорируют. Спустя некоторое время в палату опять входит давешняя медсестра, глядящая на меня с брезгливостью. Она тяжело вздыхает и откидывает одеяло, опять полностью меня раскрывая. Я тащу одеяло обратно, чтобы прикрыться, но сразу же очень чувствительно получаю по рукам.

— Калек понатаскали, лучше бы усыпили, как собак, или в озере притопили, — ворчит она, обтирая меня чем-то холодным. — Лежит тут, место занимает.

— Да пошла ты! — кричу я, срываясь на визг. — Я всё папе расскажу!

— У тебя нет папы, — информирует она меня. — И мамы нет. Ты сирота и калека, потому будешь лежать тихо и не мешать, понятно?

Почему-то я сразу верю ей. Каким-то внутренним чутьём я понимаю, что она сказала правду... И предки, получается, от меня отказались? Но почему? За что? Выходит, те мамины слова были правдой? Надо было их удавить! Надо было! Вот выйду отсюда, всех их прирежу, чтобы пускали кровавые пузыри, предатели, я их всех... всех!..

Что со мной будет — вот в чём вопрос. Если мои меня выкинули, то что теперь? Детский дом? Или что? Я даже не представляю, что мне делать. Хочется выть от таких новостей, хочется хоть кому-нибудь сделать больно, хочется убежать. Но убежать я не могу, потому что руки не держат, а ноги... Нет у меня больше ног. Но я так не хочу! Не хочу! Лучше убейте! Гады!

— Убейте, гады! — громко кричу я. — Сволочи, твари, убейте!

Дверь резко распахивается, в палату быстро входит давешняя медсестра и сильно, с оттяжкой, бьёт меня по щекам, раз, другой, третий! Моя голова мотается, крик прерывается, а я ошарашенно смотрю на неё, готовая заплакать, но перед носом как-то мгновенно оказывается внушительный кулак, отчего мне становится понятно — кричать здесь нельзя. Поэтому я плачу, тихо-тихо плачу, стараясь сдержать, задавить рыдания.

Я начинаю понимать, что осталась совсем одна. Ко мне никто не приходит, кроме врача и медсестёр. Они со мной не церемонятся — моют, лазят везде и очень жёстко гасят истерику. При этом внезапно оказывается, что задница чувствительность сохранила хотя бы частично. Хорошая новость в том, что хоть срать под себя не буду, а плохая... Все уколы я отлично чувствую. А они ужас какие болючие, при этом у меня ощущение, что мне эти твари мстят.

Ничего, я их даже из коляски придушить смогу, дайте мне только выбраться отсюда, вы у меня все пожалеете! Все твари! Я выберусь и буду вас сонных резать, каждого и каждую! Сначала медсестёр этих, потом предков-предателей, а Карину на сладкое оставлю. Буду её медленно-медленно, чтобы дохла долго, крыса такая! Не могла по-людски убить!

Но снова открывается дверь, и тварь в зелёной униформе делает мне так больно, что я выгибаюсь и кричу, а она меня по свежему уколу ладонью со всей дури бьёт так, что я едва в обморок от боли не падаю. Как будто им кто-то заплатил... А может, и заплатил? Тот же Васька — у его предков бабла до крыши, может он так мстить? Да легко! Такая же тварь, как и эта су...

В больнице я беззащитна. Со мной могут сделать всё что угодно, я и вякнуть не смогу, только вот кроме садистки-медсестры я никому не интересна. Совсем никому, а она... хоть какое-то внимание. Спустя недели две я, кажется, согласна на какое угодно внимание, даже пусть бьют. Быть одной просто невыносимо.

Как-то неожиданно начинаю понимать: это я во всём виновата. Я очень плохая девочка, поэтому всё правильно. Правильно, что делают больно, правильно, что я одна. Не хочу жить, но придётся. Сегодня меня пересадили в коляску, которая теперь будет моим домом навсегда. У меня ничего нет, и никого тоже. Ни дома нет, ни родителей... Сегодня тётка придёт из этого... которые сиротами занимаются.

Интересно, что мне за школу ничего не будет. Физрука посадят, похоже, а мне... Девки ничего не рассказали, а новенькая эта не разговаривает. Говорят, сильное психоэмоциональное потрясение, теперь с ней всё очень плохо. А ведь это я виновата. Я во всём виновата, даже пыталась это следователю рассказать, но он только грустно улыбнулся и ушёл. Не поверил мне. Только злые медсёстры верят в то, что я плохая, никогда не отказывают себе в возможности сделать мне больно.

Со мной не разговаривают, просто игнорируют любые мои попытки с ними заговорить, и всё. А стоит закричать — просто бьют по губам, и всё. Как будто я прокажённая какая-то. Мне кажется, что я схожу с ума, но почему-то всё никак не сойду. Предатели-родители даже не показываются, просто бросили, и всё... Я всё равно их убью! Пусть не прямо сейчас, но убью обязательно! Твари проклятые...

Пусть я сама во всём виновата, но они же родители, они обязаны же! Не хочу! Не хочу быть такой! Ай! За что?

— За что?! — вскидываюсь я.

— Это ты Каринку замучила, тварь... — впервые за долгое время слышу я ответ. Даже не ответ — шипение. — Ты, что бы ни говорили, я знаю! За Стронцеву тебя убить мало, но ты будешь жить. Жить и помнить!

И тут я всё понимаю — они действительно мне мстят. Но кто они ей, кто? Почему они сейчас... Хотя я понимаю, почему... Ведь я действительно, получается, замучила новенькую. И получила свою расплату, видимо, переполнив чью-то чашу терпения. Поэтому я опускаю голову и замолкаю, ведь они правы. А мне поделом.

После этого я много думаю. Меня оставляют одну, не запирая окно и не пряча всякие колюще-режущие. Наверное, надеются на то, что я сама себя убью, но я просто не могу. Один раз даже взяла в руку нож, казалось бы, чего проще, но просто не смогла. Поэтому я лежу и вспоминаю всех тех, кого била, над кем издевалась... Они же молили о пощаде, а потом проклинали меня, но я не верила в то, что эти проклятия чего-то стоят. Вот теперь пришлось поверить, потому что, видимо, настигли они меня.

— Тут? — слышу я спокойный и какой-то очень равнодушный голос, выплывая из своих мыслей. — Ещё одна калека?

— Да, но руки работают, и способна себя сама обслужить, — отвечает ей голос моего врача. — Прошу.

В палату входит дородная дама в костюме и с брезгливым взглядом. Ну, это понятно, она-то к инвалиду пришла, хотя все здесь с каким-то садистским удовольствием называют меня именно калекой, как будто им нравятся мои слёзы. А может, и нравятся, кто же знает... Так вот эта дама входит, по-хозяйски берёт стул и усаживается рядом с моей кроватью.

— Так, ты у нас Мария Нефёдова, — сообщает мне она непривычную фамилию. — Твои приёмные родители тебя разудочерили, поэтому носить их фамилию ты не можешь.

Ещё один сокрушительный удар — я не была родной, значит, ничего они не были обязаны. Это только к родным, а я, получается... Поэтому и выкинули. Зачем я им такая нужна? Всё правильно, даже мстить, получается, не за что. Женщина из какой-то опеки убеждается в том, что информация до меня дошла, и продолжает.

— Несмотря на то что обслуживаться ты вроде бы можешь, сначала отправишься в хоспис, — сообщает она мне. — Свободного места в детском доме для тебя нет, а так хоть будет кому за тобой приглядеть.

— А... когда? — тихо спрашиваю я, пытаясь вспомнить, что такое «хоспис».

— Послезавтра, — отвечает она мне, чему-то улыбнувшись. — Тебя выпишут, а реабилитацией займётся хоспис. Незачем...

Я понимаю, что она хочет сказать — незачем место занимать, ведь я — никто. Мне четырнадцать лет, а жизнь моя уже закончена. У меня совсем нет жизни, потому что я почти беспомощная и никому не нужная. Даже в бордель не возьмут с такой чувствительностью. Значит, моя судьба... А какая у меня теперь судьба? Я не знаю, я просто хочу, чтобы меня не было. Мне бы шанс начать всё сначала или хотя бы вылечить ноги, я бы тогда! Я бы им всем! Я бы...

Тётка уходит, а я тихо плачу в подушку. Скоро придут медсёстры и будут делать очень болючие, хоть и ненужные уколы. Ненужные, потому что меня выписывают, а болючие, потому что им так нравится, а бить меня они не могут — за следы их накажут. Мне остаётся только смириться и надеяться на то, что однажды я смогу всё начать сначала. Может быть, всё-таки вылезти в окно?

Нет, это очень плохая мысль, потому что если спасут, то отправят в психушку навсегда, а психушка хуже любого детдома — оттуда нет выхода. Даже теоретически нет никакого выхода, отчего мне хочется горько плакать, потому что жить такой не могу, но в психушку не хочу.

Почему я вдруг так меняюсь? Кажется, только вчера всех ненавидела, а сейчас мне просто всё равно. Думаю, это из-за того, что со мной не разговаривают и мстят. Я, кажется, просто теряю волю к жизни. Может, попробовать связаться с кем-то из девок? А толку-то? Чтобы они поржали? Да пошли они все! Все пошли, все! Ненавижу гадов!

Если бы не эта школа, не предки эти приёмные, я, может, не была бы такой злой! Это они во всём виноваты, они меня такой сделали, они заставили меня быть зверем! Я зверь и очень плохая девочка, за что поплатилась и ещё не раз... Но я не виновата, потому что это они! Они меня такой сделали! Это их надо бить! Это им надо делать больно! Им мстить, им, а не мне!

Я была ребёнком, а меня лупили дома, лупили в школе,

чего они ожидали? Розового пупсика в конце? Вот я и озверела! Да! Это всё они-и-и-и...

Я не просто плачу, я вою, потому что ничего изменить нельзя. Я вою, сжимаясь, потому что сейчас меня будут бить, но реву в голос. Кто-нибудь, отомстите за меня!

ХОСПИС

СТАРШАЯ

С пожеланием поскорей сдохнуть медсёстры провожают меня из больницы. Я бы и сама рада, но просто нет такой возможности. Спустив меня вниз, сажают в кресло машины скорой помощи, докторов в которой нет, как и маячков. Это просто машина для перевозки, и всё, тут ничего срочного быть не может, о чём мне водитель и сообщает.

— Решишь сдохнуть, — говорит он, — просто в морг отвезу, и всё.

— За что? — тихо спрашиваю его, но он меня не слышит или игнорирует.

Машина резко берёт с места, отчего меня укачивает почти моментально, но я прижимаюсь к креслу, в котором меня мотыляет, как в блендере. Я не понимаю, за что со мной так обращаются даже незнакомые люди — как будто я прокаженная, или на мне написано: «Очень плохая девочка — пни её!». Не может же так быть, чтобы вообще все стремились мне отомстить! Такого же не может быть... Или... может? И теперь так будет всегда?

Я представляю себе, что теперь навсегда буду одна, среди равнодушия, злых слов и ненависти, и чувствую, что сейчас в обморок упаду. Я стараюсь с собой справиться, но почему-то не могу, и свет выключается. Просто всё исчезает, но в следующее мгновение чувствую сильный удар по лицу, от неожиданности распахивая веки. Машина стоит, надо мной обнаруживается дородная тётка в грязно-белом халате, смотрящая на меня со странным выражением в глазах.

— Так что, везти в морг? — доносится откуда-то радостный голос, в котором я спустя мгновение узнаю водителя.

— Поживёт ещё, — хмыкает эта баба, затем оборачивается и командует. — Вези в четвёртую, там разберутся, куда её.

Это точно кто-то заплатил! Кто-то им всем заплатил, чтобы они меня ненавидели, потому что не может такого быть! Люди не могут быть такими... Такими... Не могут быть! От этих мыслей я начинаю плакать, но это никого не беспокоит. Кажется, совсем никого, при этом водитель, пересаживая меня в коляску, сильно, до боли, сжимает руками... грудь, отчего я взвизгиваю.

Затем я как-то очень быстро оказываюсь внутри. Голова кружится, сердце стучит, кажется, где-то в горле, я плачу, потому что больно очень водитель сделал. Но он меня передаёт какой-то тётке, а я... Я готовлюсь к тому, что будет больно, но совсем не ожидаю того, что происходит затем.

— А вот тут у нас Машенька, — фальшиво улыбается какая-то тётка. — За Машеньку хорошо заплатили, — добавляет она, — поэтому у неё будут особые условия.

Я знала! Знала, что они не просто сволочи, а за деньги! Что теперь со мной будет? Что? Тётка везёт меня по коридору, показывая палаты, в которых умирают дети, но при этом рядом с ними родители. Гладят, играют, ласково разговаривают... Мне показывает эта тётка, тихо комментируя:

— А вот тут у нас Танечка, — сообщает она мне с улыбкой. — Ей осталось жить не более недели, но родители её всё равно любят, видишь?

— Не надо... — прошу я её, понимая, что просьбы тщетны.

— Надо, маленькая гадина, надо, — с такой же ласковой улыбкой отвечает мне тётка. — У тебя впереди будет много боли, совсем, как у неё, но вот любить тебя некому.

— Нет... Нет... Нет... — шепчу я, понимая, что приговорена.

Я никогда отсюда не выйду, потому что они сведут меня с ума. Наверное, именно за это им заплатили, поэтому выхода нет, и умереть раньше времени не позволят, а потом отравят каким-нибудь медленным ядом, чтобы я подольше умирала. Если заплатил Васька, тогда точно так и будет.

А меня возят и показывают детей, у которых нет будущего, зато есть родители, любящие их. В глазах взрослых людей — боль за малышей и за тех, кто постарше, а я вспоминаю себя и своё детство, понимая: такого у меня не было и не будет никогда, отчего сердце постепенно наливается болью. Просто болью осознания... Потому что сейчас я ясно вижу то, что всегда было словно отделено от меня мутным стеклом.

Я очень плохая девочка и понимаю это сейчас, но, по-моему, так меня мучить — это не наказание, это именно мучение. Как фашисты...

Но вот коляска доезжает до последней комнаты, и меня завозят туда. Вот тут есть странность — другие палаты одноместные, а тут уже кто-то есть. Я не вижу, кто это, потому что слёзы застилают мои глаза. Я плачу не переставая, поэтому почти ничего перед собой не вижу. А тётка, обдавая меня запахом сигарет, от которого сильно тошнит, грубо и бесцеремонно перекладывает меня на кровать.

— Вот тут ты и будешь жить, — её голос полон злорадства. — Прямо рядом со своей лучшей подругой. Вам обеим будет не так скучно.

Лучшей подругой? Но у меня нет таких, да и вряд ли кто-то из школьных девок вообще мог бы сюда попасть, так что это, скорее, издёвка. Кого они могли так назвать? У меня даже мыслей нет. Проинформировав меня о времени кормления, тётка уходит, а я утыкаюсь в подушку, чтобы пореветь. В голове нет ни одной мысли, только один вопрос: за что?! За что со мной так? Я же... Я же... И тут перед глазами встают Лерка, Танька, тот пацан-очкарик... Они проходят перед моими глазами длинной чередой, а ряд замыкает Карина. Картины унижений, крови, избитых девчонок, молящих о чём-то, ввинчиваются в мой мозг всё сильнее, всё больнее, отчего я почти теряю связь с реальностью.

Мне больно, очень больно, я хочу вырвать эту память... Воющая под ремнём Лерка... Стоящая на коленях обоссаная голая Танька... размазывающая кровь по лицу Ларка... И... И... И... Это всё я? Я натворила? Я?! Не-е-е-ет! И тут свет резко выключается.

Я открываю глаза, желая взглянуть на соседку, и тут же об этом жалею. На кровати, устремив глаза в потолок, неподвижно лежит... Карина. Нет! Не надо! Убейте лучше! Не надо! Увидев её, я кричу, кричу изо всех сил, желая, чтобы кто-то пришёл, заслонил от меня её, что-то сделал! Но никто не приходит, как будто во всём хосписе не осталось людей. А я кричу, срывая горло...

Мой крик эхом отдаётся в палате, где нет никого, кроме меня и ни на что не реагирующей Карины. Она просто смотрит в потолок, и всё, никак ни на что не реагируя. На мгновение мне кажется, что она умерла, но это не так, я даже хотела бы, чтобы она умерла, но самостоятельно сейчас я ничего не могу — руки слишком слабые. Единственное, что мне остаётся — это кричать...

Меня хотят свести с ума, я очень хорошо вижу это, но ничего не могу поделать, потому что теперь я абсолютно беспомощная, как будто приговорённая к медленному умиранию. Мне даже начинает казаться, что кто-то смотрит на меня через глазок в двери и радостно улыбается, видя мои мучения.

— Ты, наверное, думаешь, почему с тобой поступили именно так? — слышу я знакомый голос.

Васька вальяжно входит в комнату. Меня только что обмыли, поэтому под одеялом я — в чём мать родила, подгузник нацепят потом, и Васька, похоже, это знает. Может, и обмыли меня именно для него... Он подходит к Карине, гладит её по голове и поворачивается ко мне, глядя так, что мне становится страшно.

— Пока ты была усыновлена, моему бате ты была неинтересна, — объясняет мне Васька. — Поняла, сестрёнка? — с издёвкой произносит он.

— Сестрёнка? — удивляюсь я, понимая теперь, в чём интерес за меня платить.

— Ты — ублюдок моего отца, — продолжает парень, резко дёргая одеяло, отчего я предстаю перед ним совершенно обнажённой. — Какая краля! — восхищается он. — Твои опекуны нарушили договор, в чём раскаиваются. В бетоне. А вот ты-ы-ы...

Меня убьют. Я понимаю это очень хорошо — лишние наследницы его отцу точно не нужны, а ведь меня можно использовать.... Васька подходит и по-хозяйски сгибает мои ноги так, чтобы открылось сокровенное. Я понимаю, что он видит, тянусь руками прикрыться, но он с размаху бьёт меня по лицу.

— Отцу пофигу, как ты сдохнешь, — произносит Васька. — Поэтому он просто дал бабла, чтобы ты не поганила воздух. Как ты думаешь, тебя кто-нибудь спасёт?

Я знаю, что спасения нет, как и понимаю то, что сейчас будет, но внизу у меня нет чувствительности, поэтому ему вряд ли будет интересно самому. Но тут я вспоминаю, как пацаны на шутки про писюны реагировали, и улыбаюсь сквозь слёзы. Васька явно звереет, судорожно расстёгивая штаны.

— И всего-то? — как можно более насмешливо заявляю я. — Член у гнома одолжил?

— Ах ты, гадина! — взъярившийся Васька бьёт меня в лицо, потом что-то хрустит в груди под его кулаком, потом... не помню.

Когда я снова открываю глаза, никакого Васьки нет. Всё тело болит, и дышать ещё больно. Сделал ли он что-то со мной, я не знаю, мне, в общем-то, на это наплевать. Я теперь понимаю, за что со мной поступают именно так. Дело вовсе не в Карине, которая не подаёт признаков жизни. Дело в том, что я могу претендовать на наследство, вот и всё. Поэтому здесь я умру, и последние мои дни будут очень болезненными.

Эти мысли наталкивают на воспоминания. Сколько себя помню, я не была особо любимым ребёнком. Прилететь могло по любому поводу, поэтому я быстро научилась прятаться. Ну а потом, когда подросла, научилась отбиваться, хоть и понимаю, что со мной дрались не в полную силу. Тот факт, что родаки даже опекунствовали за деньги, меня ничуть не удивляет. Разве может что-то удивить в наше время?

В школе мне пришлось выгрызать себе место под солнцем, но вот когда я стала просто жестокой стервой, я не понимаю. Карину можно было оставить в покое, да и Лерку так избивать никакого повода не было. Наверное, я действительно бешеная, поэтому всё правильно. Ведь бешеных животных убивают, вот и меня теперь убьют. Сначала будут долго и часто бить, чтобы с ума сошла, а потом усыпят... или утопят... Интересно, как меня будут убивать? Как-нибудь изощрённо, или просто инъекцией какой-нибудь? Помню, где-то читала, что это можно довольно просто сделать, если пациент недвижим...

Открывается дверь, в комнату заходит толстая злая тётка с подносами. Сейчас будет обед... Помои какие-то вместо супа, каша, хлеб, чай... Я уже привыкаю и к такой еде, и к ожиданию смерти, в перерывах разговаривая с Кариной, хотя я и знаю — она меня не слышит. Я уже всё знаю... Меня не слышат, не понимают, и я обречена, потому что выхода нет.

Ожидание смерти становится таким невыносимым, что я, кажется, уже желаю, чтобы всё скорее случилось. Время сливается в одну бесконечную серую полосу, которую нечем заполнить, разве что чтением, но книга здесь одна — Библия. Вот её я и читаю, просто чтобы не думать ни о чём. Но совсем ни о чём не думать не получается. Иногда мне кажется, что, может, я умерла уже — ещё там, в больнице — и попала в ад за свои грехи... И здесь я, забытая всеми, буду пребывать вечно... Но медсёстры обо мне не забывают, они приходят каждый день, принося боль. И эта боль показывает, что я жива. Кажется, пути отсюда нет, как нет и выхода, поэтому я просто смиряюсь и застываю в ожидании смерти.

Смерть тем не менее приходит не ко мне. Ночью умирает моя соседка, имени которой я уже не помню. Я и своего имени не помню уже, кажется, потому что меня называют «трупиком» и «тварью». Её надолго оставляют мёртвую на кровати, не стремясь быстро увезти, но тут что-то случается, отчего все начинают активно бегать, да так, что даже забывают мне принести боль вместе с завтраком. Не знаю, с чем это связано...

Ответ приходит после обеда вместе с представительным мужчиной лет сорока, наверное. Увидев его, я вздыхаю. Мужчина ко мне может прийти с одной целью, по-моему, поэтому я стаскиваю руками тонкое одеяло, чтобы спрятать в нём лицо. Васька, когда бил, кажется, мне рёбра повредил, потому что с тех пор дышится мне не очень, но это неважно, по-моему. Так вот, вошедший внимательно смотрит на меня, понимая то, к чему я готова, вздыхает, молча поворачивает на бок и начинает орать.

Через час я уезжаю из хосписа, в котором полно мусоров. Но мне это всё равно, потому что ничего хорошего от жизни я не ожидаю. Права я или нет, покажет время, однако даже разговаривать у меня сил нет. Вообще ни на что нет сил, только на то, чтобы смотреть в окно.

На этот раз водитель очень вежливый и предупредительный. Он гладит меня по голове, сажая в кресло и пристёгивая, отчего я с недоверием гляжу на него. Водитель вздыхает и везёт меня, при этом ведя машину как-то очень осторожно. Я не знаю, почему он со мной так обходится, да и куда мы едем, я не знаю.

В общем-то, всё равно, наверное, куда, потому что я же умираю уже и скоро умру совсем. Так или иначе, Васькин папашка меня достанет, и тогда я буду долго жалеть, пока... Пока не случится то, что должно случиться. Была я всю жизнь дерьмом, и сдохну, наверное, под забором. Может быть, это и хорошо, потому что я устала. Я устала быть никому не нужной, беспомощной и беззащитной. А ещё у меня пропадает память... Пока мы едем, мне кажется, проходит тысяча лет, и вот я уже не понимаю, кто я и зачем куда-то еду[1].

За окном лежит снег, наверное, это что-то значит. Я не помню, что именно, я даже не помню, как меня зовут, сколько мне лет, кто я... Я девочка, потому что отличаюсь от мальчика, но вот какая и почему я такая — не знаю. Я почти уже забыла, что со мной произошло, просто знаю, что была очень плохой девочкой. Наверное, меня хотели сделать хорошей, но просто переусердствовали. Ну и не получилось у них ничего... Ещё я помню, что меня бил кулаками какой-то мальчик по имени Вася... Наверное, ему очень надо было, чтобы я была хорошей?

ПРИЗРАК СПАСЕНИЯ

СТАРШАЯ

Мои глаза открываются, и взгляд упирается в серые стены хосписа. Видимо, мне приснилось то, что меня куда-то увезли, как и то, что я всё забыла. Не будет мне лёгкого выхода, не будет и избавления, не заслуживаю я этого. Совсем не заслуживаю. Значит, нужно просто ждать своей смерти, потому что жизнь уже закончилась. Интересно, а Карина жива? Если это вообще можно назвать жизнью, конечно.

Распахивается дверь, я вижу свою мучительницу со шприцем и обречённо закрываю глаза, готовясь к боли. Я не знаю, что это за уколы, легче от них не становится, тяжелее вроде бы тоже, только очень больно. Каждый день очень больно, но я к этому уже привыкла. Это ежедневный ритуал — утро должно начинаться с боли, а заканчиваться унижением, неважно, каким, они придумают.

— Сдохла, что ли? — удивляется моя мучительница, после чего дверь хлопает.

Карина умерла на самом деле, как и в моём сне, похоже. Повезло ей, а мне ещё ждать и ждать... Сейчас её унесут, а мой день пойдёт по обычному распорядку. Без разговоров, без внимания, только боль, и всё... Каждый день, до скончания дней. Наверное, я действительно заслуживаю только такого.

— Это что такое?! — слышу я удивлённый мужской голос, но глаз не раскрываю.

Если мужчина, то наверняка полезет, я же больше ни на что не гожусь. Поэтому я не хочу его видеть. Слышу какой-то торопливый лепет мучительницы, а затем меня поворачивают. Сейчас будет очень-очень больно. Я тихо всхлипываю, после чего меня почему-то возвращают в прежнее положение.

— Я вас спрашиваю, это что за комната пыток?! — в голосе неизвестного мужчины лязгает сталь. — Вы что здесь устроили?

Это меня удивляет, но и пугает ещё больше. Я не понимаю, что происходит, но вокруг становится как-то слишком много народа, меня очень аккуратно перекладывают на носилки, матерно охарактеризовав то, как я выгляжу, ну и то, что я голая лежу. Я боюсь открыть глаза, потому что знаю: Васькиному папашке надоело ждать, и меня сейчас увезут убивать. Наверное, в лес — выкопают яму и зароют живьём в землю. Я так хорошо это представляю, что начинаю дрожать, но меня всё равно куда-то несут, не замечая этого.

— О, боже, что с ребёнком?! — восклицает женский голос. — Сашка, она же вся дрожит!

И в следующее мгновение... происходит нечто, что меня напрочь выбивает из колеи — меня обнимают! Обнимают, как нормальную! Как... человека!

— Испугалась, скорей всего, — отвечает тот же мужской голос. — Ты на неё посмотри, ребёнок как из концлагеря. Не кормили, не ухаживали, ещё и магнезию, судя по всему, кололи, поэтому что там с сердцем...

— Поехали! — властно командует женщина, и прямо надо мной оживает сирена.

Похоже, я в машине скорой помощи. Но почему? Почему меня решили спасти? Или это только спектакль, а меня сейчас прямо убьют? Мне становится так страшно, как никогда, но меня обнимают тёплые руки, отчего я не выдерживаю, начиная горько плакать. Я дрожу и плачу, а меня за это никто не бьёт. Наверное, напоследок можно...

— Вы ме-меня... за-за-копаете? — едва выдавливаю из себя.

— Тише, маленькая, тише, — произносит неизвестная мне, но какая-то очень добрая женщина. — Всё плохое закончилось, никто тебя не закопает.

— О чём она? — интересуется кто-то.

— Думает, мы её хоронить везём, — вздыхает эта женщина.

И тут я понимаю: это сон! Это просто не может быть явью, потому что я... Это же я, а у меня не может быть ничего хорошего в жизни. Я понимаю, что скоро проснусь, и опять будет хоспис и боль, очень много боли, до самого

СЕСТРЕНКА ИЗ СНА

конца. А конец такими темпами будет очень скоро, потому что я никому не нужна.

Меня везут куда-то, а я наслаждаюсь каждым мгновением этого необыкновенного сна. У меня только и осталось радостей в жизни — такие вот необыкновенные сны о том, что меня спасают. Я понимаю, конечно, что спасать меня некому, да и не за что, но надежда оживает. Здесь я могу безнаказанно поплакать, почувствовать себя человеком, отдохнуть от своего мира... Вот бы остаться здесь навсегда!

Автомобиль останавливается, а носилки со мной куда-то быстро катят. В ушах что-то звенит, сильно-сильно звенит, а до слуха доносятся только отдельные слова: истощение, пытки, концлагерь... Я не понимаю, при чём тут я, потому что меня же просто приговорили, значит, это не обо мне. Затем меня начинают щупать... или лапать... Мои глаза закрыты, я боюсь, что, если открою их — сон сразу же закончится, сменившись ежедневным кошмаром.

— Почему глаза закрыты? — интересуется кто-то.

— Боится ребёнок, — отвечает женский голос. — Очень сильно боится, поэтому не давите на неё. Слишком быстрый для неё переход.

— Переломы рёбер, абсцесс, повреждение... — торопливо диктует чей-то голос. Мою руку что-то колет, и всё исчезает.

На меня смотрит мёртвая Карина. И мёртвая Лерка тоже смотрит. Они просто сидят и смотрят, обе такие, какими я их видела в последний раз. Они смотрят и молчат, а я чувствую, что лежу в яме. Тут Карина поднимает руку, бросая в меня горстью земли, затем Лерка делает то же...

Они бросают в меня землю, а я понимаю: меня хоронят заживо.

Я не могу пошевелиться, а земли становится всё больше, она прибывает быстрее, чем в меня её бросают Лерка с Кариной. Мне кажется, что все, кого я хоть раз обидела, сейчас бросаю землю в меня, будто желая навсегда вычеркнуть из жизни такую, как я. Гады! Гады! Убейте, ну убейте не так! Ну что вам стоит?!

Я кричу, кричу, а земля всё падает, я уже чувствую её на животе, на лице, и я стараюсь сдуть её со рта и щёк, что у меня пока получается. Не очень хорошо, но получается же... Но я понимаю, что всё тщетно — меня всё равно закопают, я буду медленно задыхаться, пока, наконец, не умру. Хочется выть от безысходности, проклясть всех, но я не могу, мне кажется, я уже ничего не могу...

И вот, когда меня накрывает слоем земли так, что она набивается в рот, не давая мне вдохнуть, вдруг поднимается сильный ветер. Он дует мне в лицо, вмиг сдувая всю землю, заставляя меня судорожно вздыхать, и я понимаю, что мне помогают. Я не знаю, что или кто мне помогает, но я так благодарна! Ветер уносит прочь мёртвых Карину и Лерку, он сдувает с меня всю землю, а небо над головой становится голубым. Я не знаю, что это значит, но улыбаюсь, потому что чувствую себя свободной. И тут что-то случается...

— Очнулась, слава богу, — говорит незнакомый мужской голос. — Дыши, маленькая, дыши...

Из больницы меня увозят в какое-то место, называемое санаторием. Это небольшой дом, в котором живут бабушки и дедушки, он почти в лесу находится. Дядя, который меня привозит, говорит, что мне нужно здесь пересидеть. Мне, впрочем, всё равно, потому что, кажется, я осталась в той самой яме, которая мне под наркозом привиделась. Меня будто и нет совсем, что бабушки вокруг видят, но почему-то не хотят общаться, и я снова одна.

В больнице меня обнимала какая-то врачиха, только после наркоза я, кажется, стала какой-то маленькой. Всех называю дядями и тётями, а они меня гладят. Это так приятно, что просто слов нет. Почувствовать, что я не отвратительная и гадкая, а... ну хоть так. Меня здесь не бьют, а тётя, которая кушать приносит, она добрая. Даже иногда обнимает, жаль только, что редко, но я и этого же не заслуживаю.

Здесь, в санатории, я уже опять в коляске. Я могу немного двигаться, поэтому очень люблю быть на улице, дышать воздухом, ведь я очень хорошо помню эти падающие на лицо и душащие комья земли. Почему-то на улице я не чувствую себя в изоляции, здесь очень интересно, много разных звуков, которыми я наслаждаюсь.

Наверное, Машка действительно осталась в той яме, а здесь сейчас только оболочка остаётся, потому что мне совсем незачем жить... С каждым днём я всё больше понимаю, какой была нехорошей, поэтому правильно, что меня мучили в хосписе, и правильно, что я совсем одна, никому не нужная. Ведь я сама всё натворила — била девочек, и мальчиков тоже, ругала маму с папой, вот меня и наказали за это. Наверное, боженька посмотрел на такую противную девочку и сказал, что её надо налупить, чтобы стала хорошей, но я всё не становилась, поэтому мне сильнее надавали.

Я помню всё, что наделала, но воспринимаю теперь, как будто это не я, а злая Машка всё натворила, ну, та, которую девочки заживо закопали. Я знаю, что злая Машка — тоже я, но я не хочу быть злой Машкой, и плохой тоже не хочу быть. Хочу быть маленькой-маленькой, чтобы спрятаться. И чтобы никто никогда не нашёл меня. Потому что мне страшно. Просто очень-очень страшно — так, что и не рассказать, как именно.

А ещё бабушки на меня смотрят так, как будто я у них что-то украсть хочу, того и гляди поколотят. От этого ещё страшнее делается. Но, наверное, они знают, что я была очень-очень плохой, и, наверное, хотят набить мне попу, но им не разрешают. Ну, или им неинтересно, потому что я же не чувствую уже почти совсем ничего. Наверное, чтобы кому-то набить попу, нужно, чтобы чувствовалось. Наверное, взрослым очень надо, чтобы дети плакали и кричали от боли? А зачем?

Ну ладно, я плохая, поэтому, чтобы меня охорошить, нужно, чтобы я сильно-сильно кричала и плакала ещё, а других за что? Или попу бьют только таким плохим, как я? Надо спросить, наверное. Только бабушек спрашивать как-то страшно, у них палки длинные, толстые, а вдруг поколотят? Тогда они меня сломают сильно-сильно, и им потом будет обидно, что за один раз сломали.

Не знаю, кого спрашивать... А за окнами уже и снега много-много, и у нас почти у входа ёлка стоит. Я люблю возле неё бывать, потому что мне кажется, что я снова маленькая-маленькая, и в жизни есть место чуду. Но на самом деле, наверное, нет, потому что, когда все идут праздновать что-то, меня не зовут. Я себя чувствую при этом такой одинокой, просто до слёз, поэтому надеваю шубу, чтобы закатиться на своей коляске в лес и представить, что вокруг никого нет. Очень люблю представлять, что все люди вдруг умерли, и я осталась последняя. Поэтому я выкатываюсь наружу, где очень холодно, только звёздочки сияют.

Я прокатываюсь совсем немного, потому что колёса вертеть тяжело — руки быстро устают. Но тут мелькает какая-то тень, и коляска начинает ехать быстро-быстро, заезжая всё дальше в лес. Я уже открываю рот, чтобы завизжать, когда что-то сильно бьёт меня по лицу так, что я чувствую кровь, и перед глазами всё мутнеет от выступивших слёз. А потом коляска вдруг переворачивается, и я падаю носом в снег.

— Когда же ты сдохнешь, наконец?! — слышу я чьё-то шипение, а потом какая-то сила сдирает с меня шубу, отчего мне сразу становится очень холодно.

Я приподнимаюсь на руках, но вокруг только лес, а ещё так холодно, просто жутко, как! А я только в больничном платье, под которым нет ничего, кроме подгузника. Тут я понимаю — вот оно! Моё время закончилось — Васькин папашка меня и здесь достал, поэтому я сейчас умру. Свою коляску я не вижу, руки держат плохо, поэтому я просто ложусь в снег, решив подождать, когда замёрзну. Говорят, это не больно совсем, просто усну, и всё...

— Ну-ка, кто это у нас? — слышу я густой бас.

Я вдруг взлетаю в воздух и вижу перед собой дяденьку в красной шубе, украшенной какими-то сияющими камешками и узорами. Рядом с ним стоит девочка лет, наверное, двенадцати в синей шубке. Дяденька смотрит на меня и сильно хмурится, отчего мне становится очень-очень страшно.

— А что это с ней, дедушка? — интересуется девочка, с интересом меня разглядывая.

— Эта девочка была очень плохой, она почти убила двоих, да и с остальными не всё ладно, — объясняет человек, названный дедушкой, а до меня начинает медленно доходить — это Дедушка Мороз! Он пришёл, чтобы меня заморозить. Значит, я уже умираю...

— За это она получила наказание, — продолжает дяденька в красной шубе, — но злые люди замучили её, поэтому своё наказание она не осознаёт.

— Ой!.. — вскрикивает девочка в синем. — Значит, она мучается, но не искупает вину? Ой... И что теперь?

— Теперь — выбор! — сообщает Дед Мороз. — Чего ты хочешь, дитя — ноги или семью?

Раз я умираю, то всё равно уже, правильно? Тем более что холода я больше не чувствую, значит, действительно умираю. Но вот если бы это было взаправду, что бы я выбрала? Ноги? Васькин папашка найдёт и убьёт, совершенно точно убьёт, убежать я от него не смогу. Ну и ещё — я одна, значит, что угодно могут сделать. А что делают с красивыми девочками в детдомах, я знаю даже слишком хорошо... Рассказывали как-то...

А если не ноги, а семью? Которая меня точно так же

предаст, когда надоем? Или когда скажу что-то не то, или... А если они меня будут бить и... ну... это? Даже это — чёрт с ним, я ничего не чувствую, но если будут бить? Я же беззащитная! Нет... Страшно, просто очень страшно.

— А можно меня сделать маленькой-премаленькой? — спрашиваю я Деда Мороза.

— Хм... — задумывается он. — Но это ничего не решит, рано или поздно Возмездие тебя догонит...

— Дедушка, но если она там будет хорошей девочкой, то ей же повезти может? — интересуется его спутница — видимо, Снегурочка.

— Может, — кивает он. — Только не сразу... Очень уж страшные вещи она творила, внученька.

— Ну де-ду-шка! — очень жалобно произносит девочка, глядя на своего деда.

Он, конечно же, соглашается, а потом говорит мне, что у меня будет ещё один шанс, поэтому я должна быть хорошей девочкой. Я киваю, потому что согласна быть хорошей, особенно учитывая, что всё равно умираю. В этот момент моё время, видимо, заканчивается, и я... Всё вокруг становится расплывчатым, каким-то нереальным, а потом и вовсе исчезает. И я тоже...

БОЛЬНИЦА

МЛАДШАЯ

Меня зовут Машенька, мне шесть годиков. Я сейчас лежу в больнице, хотя не знаю, как сюда попала, потому что я в садике, кажется, упала. Помню только, что вдруг стало очень горячо в животике[1], и всё, больше ничего. У меня есть мама и папа, а ещё дедушка, потому что бабушка уже умерла. Дедушка — мамин папа, а у папы моего мамы с папой никогда не было. Ещё у меня есть тётя Таисия, она моя фея-крёстная. Ну, она просто крёстная, а про фею уже я сама придумала. И дядя Серёжа есть, он мой крёстный, только живёт не здесь, а очень далеко, потому что он — доктор для деток.

Я открываю глаза, а вокруг совсем не садик, всё какое-то белое и зелёное ещё. И пищит что-то, так интересно! Лампочки всякие мигают, и что-то происходит. Я хочу вскочить и посмотреть поближе, но почему-то не могу. Мне становится страшно, поэтому я плачу. И тут в комнату, где так много интересного, забегают дяди и тёти в светло-голубых одёжках. Они все в штанишках и рубашках, так что сразу непонятно, где дядя, а где тётя.

— Испугалась, малышка? — спрашивает меня одна тётя.

— Да-а-а-а, — тяну я, перестав плакать, потому что взрослые же помогут, я точно знаю! — Я к маме хочу!

— Сейчас приедет и мама, и папа, — говорит мне эта тётя. — А ты пока полежишь, хорошо?

— Хорошо, — киваю я, поняв, что так надо. Наверное, это игра такая. — Я послушная?

— Самая послушная девочка, — улыбается мне тётя. — Ты пока постарайся поспать.

Я послушно закрываю глазки, но спать совсем не хочется, поэтому я подглядываю и подслушиваю. Но вот что делают и о чём говорят дяденьки и тётеньки, мне совсем непонятно. Вот что такое «о-ка-эс»[2]? И почему во-он тот дядя качает головой и говорит, что так не бывает? Подслушивать интересно, только ничего не понятно, поэтому я быстро устаю и засыпаю.

Мне очень плохой сон снится. Как будто в нём я — бяка, очень такая бякистая — бью других девочек и мальчиков, а ещё как-то иначе делаю больно. А мои мама и папа из сна тоже делают мне больно. Они бьют меня по попе и ещё за волосы хватают. Очень страшный сон, поэтому я быстро просыпаюсь, сразу же начав плакать, потому что страшно же!

— Что случилось, маленькая? — сразу подходит ко мне толстая такая тётя. — Отчего слёзки?

— Со-о-он стра-а-ашный! — жалуюсь я ей.

Тётя осторожно обнимает меня, отчего я перестаю плакать, потому что уже не так страшно. А еще она гладит меня по голове, поэтому я начинаю улыбаться — у неё очень ласково получается, поэтому мне уже не страшно. Она укладывает меня обратно и просит чуть-чуть потерпеть, потому что сейчас придут мамочка и папочка.

И действительно, они прямо сразу заходят. Мамочка плачет и бросается ко мне, чтобы заобнимать. Я тоже начинаю плакать, чтобы ей не одиноко плакать было одной. Поэтому мы плачем вместе, а потом приходит строгая тётя и говорит, что нельзя плакать, потому что это может сделать плохо моему сердечку. Мамочка сразу же перестаёт, ну и я тоже, потому что чего же я одна плакать буду? Одной плакать неинтересно. Поэтому я перестаю, но мне же интересно, что происходит?

— А когда мы домой пойдём? — интересуюсь я у мамочки.

— Вот доктора тебя отпустят, и сразу пойдём, — отвечает она мне. — А пока ты тут поживёшь.

— Но я не хочу одна! — возмущаюсь я, начав уже было хныкать, но тётенька доктор говорит, что плакать не надо, потому что мамочка тут вместе со мной поживёт, чтобы мне не было одиноко.

— Я буду с тобой, маленькая моя, — улыбается мне мамочка.

Я тянусь руками и к папочке, потому что он тоже сейчас заплачет, я же вижу! Поэтому папочку нужно пообнимать и погладить ещё, тогда он не будет плакать, а наоборот —

улыбнётся. А ведь это здорово, когда папочка улыбается, поэтому я радуюсь. Доктора тоже радуются, а почему, я не знаю, но с вопросами не лезу, чтобы им не мешать. Папа куда-то выходит с телефоном в руках.

— Сергей будет к вечеру, — сообщает он мамочке. — Билетов на ближайший нет, но он говорит, что будет как штык. Таисия в командировке, так что...

— Главное, что дядя Серёжа приедет, — объясняет мне мама. — Он доктор и быстро разберётся, что случилось с нашей принцессой.

— Ура! — я радуюсь, потому что люблю дядю Серёжу.

Я верю — приедет крёстный, и всё сразу станет хорошо, потому что он доктор же и во всём разбирается. Лучше мамочки точно, ну а пока... Пока тётя медсестра приносит мне покушать. Это очень вовремя, потому что в садике я же не покушала, а хочется уже. Поэтому мамочка устраивает меня так, чтобы я могла покушать. Только ручки у меня шевелятся плохо, но мамочка говорит, что сама покормит высочество.

Высочество — это я. А ещё — принцесса, кнопка, лапочка и папино чудо, вот сколько у меня имён! Поэтому я послушно открываю рот, чтобы поесть какой-то очень невкусный суп. Я бы отказалась от него, но я голодная, а ещё мама говорит, что так надо. Папочка же обнимает меня, целует ещё, и мамочку тоже, после чего убегает на работу, потому что у него важная работа очень.

Покушав, я чувствую, что опять устала, поэтому прошу мамочку рядом со мной полежать, потому что сны страшные. Тётя доктор говорит, что после этого самого «о-ка-эс» бывают кошмары, чтобы мамочка не пугалась за меня. Мамочка обещает не пугаться, она ложится на кроватку рядом с моей, обнимает, гладит и поёт мне песенку. От этой песенки глазки сами закрываются, и я засыпаю.

Сейчас мне опять снится сон, но не страшный, а жалобный. У меня в нём не ходят ножки, и почему-то совсем никого нет — ни мамочки, ни папочки. Зато вокруг много дедушек и ещё... наверное, это бабушки. Их много, и они хорошие, наверное, потому что дедушки и бабушки должны быть хорошими, иначе зачем они нужны, правильно?

Мне снится, что я гуляю, но не ножками, а в коляске специальной. А вокруг столько всего интересного! Птички поют, и ветерок ещё, и солнышко светит. Хотя в этом сне у меня не ходят ножки, но я тут хотя бы не плохая девочка, которую надо по попе, хотя мне по попе не давали ещё ни разу. Только мамочка несколько раз обещала, что будет, если я опять игрушки разбросаю, но я послушная девочка, поэтому собираю игрушки, если не забываю... Я стараюсь не забывать, но иногда не получается. Тогда я начинаю плакать, и мамочка забывает, что обещала по попе, потому что надо же меня утешить?

— Да, согласен, странно, — слышу я очень знакомый голос дяди Серёжи, стоит только мне проснуться.

— Ура! Дядя Серёжа! — радуюсь я и открываю глаза.

Дядя Серёжа улыбается мне. Он одет в такую же одежду, что и доктора тут, ещё он что-то рассматривает, а потом садится рядом со мной, и я сразу же лезу обнимать его. Дядя Серёжа мягко мне улыбается, укладывая обратно в постель, он видит, что я ему рада, и он мне тоже. Мне интересно, что ему странно, но Маша — послушная девочка, да!

— Так, Кнопка, — задумчиво произносит он, глядя мне прямо в глаза. — Что было в садике?

— Не помню почти, — честно отвечаю я. — Только помню, что было горячо вот тут, и всё, — я показываю, где.

— Ага... — произносит он, а потом достаёт сте-то-скоп — это такая штука, которой сердечко слушают, — и начинает меня слушать.

— Да, — повторяет он. — Очень странно, сколько стояло сердце?

— Почти минуту, коллега, — отвечает ему какой-то дядя, которого я сразу и не замечаю. — А последствий нет, хотя должны быть.

— Последствий и я не слышу, — кивает мой крёстный. — Давайте-ка завтра выпишите под моё наблюдение, посидит пока дома.

— Но, Сергей... — начинает мамочка что-то говорить, но почему-то не продолжает.

— Я с Кнопкой посижу, — отвечает дядя Серёжа. — Так что работай спокойно.

— Спасибо... — мамочка почему-то начинает плакать, я даже думаю поплакать за компанию, но крёстный говорит, что у мамы просто эмоции, а у меня таких пока нет.

— Плакать без причины для тебя плохо, — строго говорит мой крёстный, и я киваю.

Завтра меня отпустят домой, это я поняла, к моим игрушкам, по которым я скучаю очень-преочень уже, но сегодня надо полежать, потому что так дядя Серёжа сказал. Уже, оказывается, вечер, поэтому мне надо будет поспать одну только ночку в больнице, а потом мы поедем домой. Я киваю на эти объяснения и жалуюсь крёстному на сны, потому что они то страшные, то очень грустные. А он меня гладит и говорит, что это всё пройдёт. Я ему верю, потому что это же дядя Серёжа...

— Сейчас малышка покушает, — ласково произносит мамочка, — потом опять поспит, и сразу же утро наступит, да?

— Хорошо, — киваю я, потому что я послушная, ну и не спрашивают же меня.

Мамочка может быть очень сердитой, особенно, когда по попе обещает, хоть и не шлёпает, но проверять мне почему-то не хочется. Поэтому лучше быть послушной, чтобы никого не сердить. Это же плохо — сердить мамочку, правильно? Вот и дядя Серёжа тоже считает, что никого сердить не нужно, а надо быть послушной девочкой. Послушным девочкам больше вкусняшек дают, правда, сегодня мне не положено вкусняшек, потому что я, получается, нашалила в садике. Ну, раз все волнуются, и мамочка плачет, значит, это я виновата.

Поэтому я ем то, что мне дали. Я уже сама могу! Еда невкусная какая-то, как будто из воды. Мамочка намного вкуснее готовит, о чём я ей сразу же говорю, и она улыбается. А ещё во время ужина приходит папочка, но у него какой-то незнакомый запах, который я сразу чувствую, но ничего не говорю, потому что вдруг у него на работе его случайно облили чем-то, он же и так переживает?

В туалет меня на руках относят, чтобы я не перетруждалась. Это очень смешно, конечно, поэтому я хихикаю, но всё равно чищу зубки, потому что так надо, а потом меня опять укладывают спать. Я всё равно чувствую себя так, как будто прыгала весь день, поэтому засыпаю.

Мне снится та самая бякистая девочка, ну, что я — это она. В этом сне я очень злая, потому что мне только что набили попу, и вместо того, чтобы поплакать, я почему-то хочу побить совсем другую девочку. Правда я не понимаю, за что, но просто очень хочется, как будто это конфета. И ещё раздеть её, чтобы она голенькой была. Я не знаю, почему во сне я такая, даже хочу её остановить, чтобы она так не делала, но оно мне всё равно снится, поэтому я плачу и просыпаюсь.

Мамочки рядом нет, я от этого пугаюсь, начиная плакать сильнее, но тут слышу мамочкин голос, поэтому сквозь слёзы прислушиваюсь. Мамочка говорит что-то непонятное о том, что у кого-то кто-то другой точно есть, и скоро кто-то кого-то куда-то бросит. Прислушиваться интереснее, чем плакать, к тому же, если я мамочку слышу, то она где-то рядом. Я слушаю, слушаю, а потом вдруг засыпаю. Я понимаю, что уснула, потому что передо мной лежит та девочка-бяка и рассказывает о своей жизни. Ну, как её в детстве не любили, делали больно и обижали. Я понимаю, что она поэтому такая злая — её же не любили. А потом она говорит мне, что я — это она, но я же не такая бякистая! Я хорошая девочка!

— Что случилось? — будит меня мамочка, а я только плачу, потому что очень страшно быть такой плохой.

— Кошмары у ребёнка, — говорит дядя Серёжа, который никуда не ушёл. — После остановки бывает, но тут надо будет внимательно расспросить, как бы от вас не ловила.

— Мама, я — хорошая девочка? — спрашиваю я. Мне очень важно это точно узнать, потому что там, во сне, я очень-очень плохая.

И правильно, наверное, что там делают больно, потому что наказать же надо... Только можно же в угол поставить, чтобы подумала, а там так больно делают, больнее, чем Лиза в садике, когда щиплется! Но я во сне совсем не учусь и не хочу становиться хорошей, а только злюсь, а почему так? Интересно, если я по попе получу, я тоже злиться буду? Не хочется...

— Ты самая лучшая девочка, — улыбается мне мамочка, и я понимаю, что мне больно делать пока не нужно, я же и так хорошая!

Я начинаю улыбаться, мамочка меня обнимает, и я засыпаю до самого утра. Мне ничего не снится, даже та плохая девочка. Наверное, там, где живёт эта девочка, детей делают хорошими не углом, а по попе. Я не хочу в таком месте жить! Можно я буду жить с мамочкой и папочкой, а не в таком страшном месте, где я злая?

Наверное, мне показывают эти сны, чтобы я оставалась послушной и хорошей, а не стала той девочкой, хоть она и сказала, что я — это она. Я хорошая, мамочка же подтвердила! Поэтому меня не будут... И можно не бояться, хотя мне очень-очень страшно от таких снов. Если бы я с той девочкой встретилась, то, наверное, умерла бы от страха! Она очень-очень страшная!

Я просыпаюсь, уже никого не боясь, потому что рядышком со мной мамочка и дядя Серёжа. Папа уже уехал работать, чтобы нам было что кушать. А скоро и я уеду — домой, вот.

СЕСТРЁНКА ВО СНЕ

МЛАДШАЯ

Я сижу дома с дядей Серёжей, потому что мамочка на работе, и папочка тоже. Уже почти лето, а осенью мне надо будет в школу. Раньше я радовалась, а теперь немного страшно, потому что вдруг там будет, как у той бякистой девочки, которая снится? Но я всё равно смелая, потому что мамочка и папочка защитят. И ещё дядя Серёжа защитит, он приедет и ото всех защитит, потому что он мой крёстный.

Целый день я играю с куклами, а ещё телевизор смотрю, читаю с дядей Серёжей и слушаю его сказки. Он столько сказок знает! Это очень здорово, и мне совсем не скучно. А ещё мы ходим на площадку гулять, и это мне очень нравится. Днём я не помню о своих снах, да и снятся они мне не каждую ночь, но иногда я сижу с той девочкой, и мы вместе думаем, что она сделала не так.

Она почему-то меня слушает, хоть и старшая, но какая-то потерянная. А я же знаю, как надо правильно, а она, получается, совсем не знает, хоть и старше меня. Поэтому мы и спорим ещё, и плачем вместе, потому что у меня есть мама и папа, а у неё нет, они её бросили, когда та девочка заболела. Я на минутку представила, что меня бросили, потому что я заболела, и устроила ночную побудку дяде Серёже, потому что плакала очень сильно.

— Вот ты тут разозлилась и побила девочку, а она тебе только сказала, что у тебя попа белая, — мы говорим сейчас с девочкой из сна о случае, который я увидела. — А ты сразу бить начала и даже не посмотрела... Вот почему?

— Она меня обидеть хотела, — объясняет мне та бякистая девочка, которую тоже Маша зовут, как меня.

Но я не понимаю, потому что надо же сначала проверить, а вдруг действительно? А ещё мне непонятно, что такого страшного в том, что юбку поднимают. Ну, если на трусики мои красивые хотят посмотреть, то пусть, наверное? Или, может, мальчик попу никогда не видел и хочет посмотреть? Я не знаю, почему это так сильно обижает, что нужно сразу драться. Мы договариваемся с той Машей, что она будет учиться быть доброй, потому что, когда ты злюка и бяка, то потом больно попе, а зачем нужно, чтобы было больно?

Теперь мне легче, потому что не снятся уже страшные сны, но я во сне всё равно разговариваю с той Машей, ведь у неё никого нет, совсем-совсем никого... Но теперь есть я, и это правильно. Мы с ней подружились очень, а ещё она меня сестрёнкой называет, и я её тоже, потому что зовут нас одинаково, и мы можем запутаться. Поэтому теперь во сне у меня есть сестрёнка. Я её глажу и обнимаю, а она улыбается, и это здорово.

Так проходит ещё немножко времени, я дядю Серёжу уже иногда папой Серёжей называю, ну, когда папа не слышит, потому что ему не нравится, когда я ещё кого-то папой зову. Так вот, крёстный меня ещё раз обследует в больнице, но со мной всё хорошо, он от этого улыбается, поэтому ему надо уезжать, и он уезжает, а меня отдают обратно в садик.

В садике с нами занимаются, а ещё мы играем и поём. У меня подготовительная группа, потому что я уже совсем большая, а ещё есть старшая, средняя и младшая группа. Там играют те, кто поменьше и кому ещё долго-предолго до школы. Каждое утро меня мамочка отводит в садик, хотя я уже и сама могу, но она боится плохих дяденек, которые могут украсть такую хорошую девочку, как я. Сестрёнка из сна говорит, что такие дяди бывают, и мамочка правильно боится, поэтому я не капризничаю. Ну, сестрёнка же была плохой, поэтому всех плохих знает. Наверное, у плохих девочек тоже есть свой садик, как у хороших. А мы все хорошие, так воспитательница говорит.

Поэтому я жалею сестрёнку и рассказываю ей, что делала днём. Мы сидим во сне в обнимку, и я ей всё-всё рассказываю, а она улыбается и плачет ещё иногда, но это потому, что у неё такого не было, ведь её отдали в садик для плохих девочек. А кто решил, что она обязательно будет плохой? А вдруг она была бы хорошей? Странные они, эти взрослые иногда, сначала отдают в садик для плохих девочек, а потом удивляются и лупят за то, что плохая.

Вот мои родители сразу увидели, что я — хорошая, поэтому я хожу в садик для таких, как я. Мы бегаем, играем, кувыркаемся, но ещё и учимся — читать и считать, а писать нас не учат, хотя мне очень хочется. Но воспитательница говорит, что мы этому потом научимся — в школе. Ну, я же послушная, поэтому решаю, что воспитательнице виднее, а я подожду, конечно, почему не подождать?

А вот пото-о-ом! Потом мне исполняется целых семь лет! Это большой праздник — день моего рождения, так мамочка говорит. И папочка тоже так говорит, потому что я — очень долгожданная. В этот день я не иду в садик, потому что мы весь день празднуем. Вот прямо сегодня и празднуем, поэтому я просыпаюсь в предвкушении. А ещё мне жалко сестричку, потому что её день рождения никогда не праздновался, и она даже не очень помнит, когда он у неё. Поэтому мы договариваемся, что он у нас у обеих будет сегодня, и ночью, когда я усну, мы во сне праздновать будем. Ну, нужно же, правильно?

Вот я открываю один глаз, а там уже мамочка посматривает на меня очень хитро так, значит, сейчас будет сюрприз! Я сажусь в своей кровати, а сзади появляется папа, которого я сразу и не увидела. Он хватает меня и подбрасывает вверх, отчего я радостно смеюсь.

— С днём рождения, доченька! — это родители поздравляют. — Расти большая-пребольшая!

Я, конечно же, обещаю, что буду расти, потому что как же иначе? А потом у нас праздничный завтрак, много-много подарков — и к школе, и платьица, и куклы красивые, а папа... ой... дядя Серёжа прислал, оказывается, целый кукольный домик, только он не может сегодня приехать, но вечером, наверное, обязательно позвонит. А потом, когда мы из парка вернёмся, придёт крёстная, вернее, прилетит, как я шучу — потому что она же фея.

У нас сегодня большая программа, как папочка говорит, нам много-много успеть надо. И парк с каруселями, и зоопарк ещё, и пообедать в ресторане, потому что так всегда бывает, вот туда и приходит моя фея-крёстная, а потом мы опять гуляем, и я бегаю и веселюсь до самого вечера. А вечером у нас ужин. Родители в этот день всё время со мной, и это так здорово! Мамочка и папочка ради меня берут отгул... или прогул? Нет, кажется, отгул, да! И они весь-весь день со мной, а после ужина мы фильм детский смотрим все вместе. Мамочка переживает за героев даже, кажется, больше, чем я... И потом меня укладывают спать, потому что я счастливая-счастливая!

Но сегодня я вдвойне счастливая, потому что у сестрёнки из сна тоже день рождения, и во сне мы будем праздновать!

Лето наступило, жа-а-аркое! Мама сказала, что мы в этом году едем отдыхать на море! Это так здорово, я к этому событию заранее готовлюсь, а папа... ой, дядя Серёжа мне присылает купальник! Не просто плавки, как у меня обычно, а целый купальник, как у взрослых! Он синий с зелёным и ещё в цветочек, очень мне нравится, просто очень-очень! А тётя Таисия платьице воздушное такое подарила, оно тоже очень красивое, и мамочка говорит, что очень идёт к моему купальнику. Даже сестрёнка из сна удивилась, потому что у неё такого никогда не было. Она хотела поплакать, но я её обняла, и она решила не плакать, потому что радовалась вместе со мной.

Всю неделю я жду, когда мы поедем, и извожу родителей вопросами. Но мамочка очень терпеливая, она рассказывает мне про поезд, в котором мы будем ехать, и какой он, и даже на картинке показывает. Я вся в предвкушении, уже собрала трусики, маечки и шортики тоже взяла, мамочка мне помогает всё это в мой личный рюкзачок сложить. Он выглядит, как божья коровка, даже усики есть, только не красный, а жёлтый, но всё равно очень красивый. И вот я его складываю всю неделю! Ещё же куклы надо уместить, и медвежонка, который совсем уже не лезет, но я без него не согласна. Мы будем ехать долго-долго и даже поспим в поезде, а потом уже сразу бух — и море! Сестрёнке тоже очень интересно, какое оно — это море.

И вот проходит эта неделя — медленно-медленно, но, наконец, наступает день отъезда. Я прямо с утра жду, когда мы поедем на вокзал. Мамочка и папочка ещё дособирают вещи и ещё что-то делают, но мне говорят сидеть в комнате, и я сижу, потому что послушная и очень хорошая девочка.

— Машенька, ты готова? — интересуется мама, заходя в комнату.

— Да, мамочка, — отвечаю я, сидя на стульчике в обнимку с собакой.

Собачка Матильда остаётся дома, потому что в рюкзак она совсем не лезет, но она меня подождёт, мы договорились, и она не будет обижаться за то, что я её не беру с собой. Она очень хорошая, умеет лаять, и ей можно дать команду сесть или подойти, только по-немецки, потому что её мне дядя Серёжа подарил. Но я уже знаю всё эти слова и много других тоже.

— Пошли, малышка, — мягко говорит мне мамочка, и я вскакиваю со стула, чуть не забыв рюкзак.

— Ура! Море! — прыгаю я от радости, а мама только улыбается.

Папочка тоже улыбается, хотя у него аж целых два большущих чемодана. А внизу оказывается, что нас ждёт машина уже. Папа такси вызвал, чтобы нас отвезти на вокзал. Поэтому мы быстро оказываемся внутри, и такси трогается с места, а я смотрю в окно, прощаясь с домом. Мы сюда вернёмся через месяц почти, когда отпуск у родителей закончится, а сейчас нас ждёт вокзал! Я тут уже была, только не помню, потому что после того случая в садике, ну, когда я в больнице оказалась, всё-всё забыла! И теперь буду всё заново рассматривать!

Вокзал оказывается большим, в нём много интересного, но мамочка крепко держит меня за руку, не давая заглядеться на красивости. Наверное, поэтому мы быстро оказываемся у вагона. Папа даёт что-то дядечке в фуражке, тот улыбается мне и показывает на то, рядом с чем мы стоим. Я понимаю — это вагон. Он совсем не такой, как на картинке и в мультике, а просто огромный!

Внутри оказывается коридор... Ой, сначала папа меня поднимает и ставит на ступеньку, а потом заходит сам, подавая руку маме. А вот внутри дли-и-и-инный такой коридор с дверями, в одну из них мы входим. Внутри диван, кресло, кажется, ещё телевизор, и ещё дверка.

— Ты что, люкс заказал? — удивляется мамочка. — Это же дорого!

— Это отпуск, дорогая, — отвечает папочка, устраивая вещи на полку. — Поездим как люди. А принцесса всё равно с тобой поспит... Ну, или со мной, тогда точно не упадёт.

— Спасибо... — тихо произносит мама и целует папу прямо в губы.

— Садимся, — предлагает папочка.

Мамочка усаживает меня, а я достаю из своего рюкзака медвежонка, чтобы с ним в дороге играть. Я сижу у самого окошка, поэтому показываю медвежонку суетящихся людей и всё-всё ему объясняю, а мама отчего-то хихикает. Но, может быть, ей просто весело, потому что мы скоро поедем. И стоит мне так подумать, вагон дёргается, а вокзал начинает убегать назад. Бегут люди, столбы, какая-то табличка проезжает... Значит, мы уже едем!

Вокзал полностью убегает, и начинается город. Он бежит мимо нас всё быстрее и быстрее, а я смотрю в окошко вместе с Тедом — так медвежонка зовут, он на того, который в мультике, очень похож, поэтому так и зовут. Вот я смотрю и ему показываю, а ещё представляю себе, что сестрёнка это всё тоже видит, потому что ей же тоже интересно!

Потом мамочка говорит, что пора покушать, и тут оказывается, что прямо тут, в этой комнате, где мы едем, есть где руки помыть. Папочка помогает мне помыть руки, пока мамочка раскладывает то, что мы сейчас кушать будем. Пахнет очень вкусно, но так всегда пахнет, когда мамочка готовит. Значит, это домашнее, а не покупное, хотя в ресторане тоже вкусно бывает, но мне мамино всё равно больше нравится. Я ей говорю об этом, и она улыбается. Это так здорово, когда мамочка улыбается, что просто не сказать как!

Каша очень вкусная, и курочка тоже, поэтому я кушаю с удовольствием. А мамочка подумала и о Теде, поэтому у него тоже есть каша. Игрушечная, но есть же! Мамочка очень-очень заботливая! А я — послушная, ну ещё и вкусно же, поэтому всё-всё съедаю и получаю маленькую пироженку в награду.

Мне ничуть не скучно ехать, потому что есть же Тед, мы играем, я ему рассказываю всё и ещё обнимаю. Мамочка говорит, что мне нужно немножко поспать после еды, и я соглашаюсь, потому что да, нужно же. Поэтому я снимаю платье, чтобы не помять его во сне, и остаюсь только в трусиках, а потом мамочка укладывает меня на диван, чтобы мне удобно было, я обнимаю медвежонка, а она меня гладит. Вагон покачивает, стучат колёса, и я как-то быстро засыпаю.

— Спасибо, спасибо, спасибо! — налетает на меня сестрёнка во сне.

— Ты видела, да? — спрашиваю я её, а она кивает.

— Видела... — кажется, она поплакать хочет, но не плачет, а только обнимается. — Спасибо тебе!

Я смущаюсь и говорю, что не за что, потому что она же моя сестрёнка. Надо запомнить: если я что-то хочу показать сестрёнке, когда не сплю, тогда она это может увидеть и порадоваться со мной. Она уже совсем забыла, что когда-то была бякой, и ведёт себя, почти как я. Это очень-очень хорошо!

МОРЕ

МЛАДШАЯ

Море... Оно такое! Такое! Просто не рассказать!

Мы приезжаем рано утром, но я не капризничаю, когда меня будят, потому что море же! Сначала надо заселиться, так папа говорит, поэтому с вокзала нас забирает другое такси, и мы селимся. Мы с мамочкой поднимаемся в номер, пока папа что-то оформляет. Номер — это квартира такая, только меньше, чем у нас дома, и кухни нет. В одной комнате буду жить я с Тедом, а в другой — мамочка и папочка.

— Вот тут мы и поживём, — сообщает мне мамочка. — Ну, что стоишь? Переодевайся!

— Ура! — кричу я и бегу в комнату с рюкзаком, чтобы переодеться в купальник. Я умею, вот!

Когда я уже переодетая, мамочка говорит мне, что нужно надеть платьице — то, которое моя фея подарила. Я киваю и надеваю его, потому что мамочка же сказала! А мамочка не может ошибаться, и папочка тоже, поэтому я надеваю платье, и через минуту уже готова. И панамку ещё, конечно же! Мы идём плескаться в море!

— А зачем платье? — спрашиваю я мамочку.

— Когда наплаваешься, — объясняет мне она, — нужно будет купальник снять, но с голой попой ходить по улице неправильно, понимаешь?

Я киваю и достаю ещё и трусики, протягивая их заулыбавшейся маме. Она кивает и хвалит меня. Значит, я всё поняла правильно, но платье тоже нужно, я в нём буду очень красивая, и все будут любоваться. Мамочка говорит, что девочкой должны любоваться, потому что так правильно. Ну а раз правильно, то пусть любуются же, мне не жалко.

Мамочка берёт меня за руку, мы спускаемся вниз, где уже папочка ждёт. Я даю ему другую руку, и мы идём по улице. Мамочка, папочка и я! Вокруг солнечно, деревья необычные, папа говорит, что они называются пальмы, я стараюсь запомнить, а ещё я стараюсь показать всё вокруг сестрёнке, чтобы и она всё это видела.

Вокруг очень много людей, но я не пугаюсь, а просто иду и смотрю по сторонам, а вот потом... Потом мы выходим на пляж. Тут ещё больше людей, много песка и оно — море! Описать его мне очень сложно, но я стараюсь, потому что оно сине-зелёное, пахнет водорослями, потому что так папочка сказал, и... просто необыкновенное!

Я в него плюхаюсь, мамочка мне помогает поплыть, потому что я же умею, но она всё равно страхует, а я просто счастлива, потому что это очень здорово! Наплюхавшись, я вылезаю на песочек немного поиграть, чтобы потом опять в море пойти. Мамочка говорит, что пока переодевать меня не будем, а я вижу, что по пляжу бегает много девочек и мальчиков вообще без трусиков, но папа... дядя Серёжа говорил, что нельзя же! Для писи плохо, потому что туда песочек может попасть. Но я не умничаю, потому что взрослые меня точно слушать не будут. Поэтому я просто строю замок из песка. А потом — обратно в водичку.

Время до обеда пролетает, кажется, мгновенно, почти и незаметно для меня, но я не огорчаюсь, потому что отпуск же. А в обед мамочка говорит, что надо кушать идти. Значит, мы пока уходим. Ещё мамочка протягивает мне трусики, и я всё понимаю — надо купальник снять, но его трудно снять, потому что он мокрый. Я жалобно смотрю на маму, опять мне улыбающуюся. Она помогает мне переодеться, и я не стесняюсь, потому что тут много детей безо всего бегает, а я просто переодеваюсь. Сестрёнка говорила, что обычно стесняются, когда на людях с голой попой, но я не понимаю, зачем это нужно, поэтому и нет.

— А что мы будем кушать? — интересуюсь я, потому что кухни же нет.

— А вот увидишь, — улыбается мне мамочка и куда-то ведёт.

Мне жутко интересно, а ещё я замечаю, что и мамочка, и папочка какие-то очень улыбчивые сегодня. Мамочка ведёт меня за руку, папочка обнимает её, а она ещё и ластится, будто кошка. Они очень красивые, ну, мне так кажется, потому что это же мои родители. Если им хорошо, то и мне тоже. Мы входим в кафе со столиками на улице и внутри.

Внутри прохладнее, чем снаружи, поэтому мамочка решает остаться там.

К нам подходит дядечка, протягивая листы бумаги, на которых я вижу надписи и рисунки, поэтому сразу же начинаю рассматривать поближе, а папа разговаривает с дядечкой. Потом мне приносят сок в высоком большом таком стакане, а мамочке с папочкой что-то другое, только я не знаю что, потому что у них стаканы другой формы. Мамочка говорит мне, что нужно подождать, я киваю и рассматриваю такую интересную бумагу. Я же знаю уже буквы, значит, наверное, могу прочитать?

Я читаю «пицца», а ещё «паста», и уже хочу дальше почитать, но нам приносят еду. Это пицца, она круглая, как хлеб на большой тарелке. Папочка начинает меня учить правильно есть эту пиццу, чтобы не измазаться, но я всё равно обляпываюсь, хоть и не расстраиваюсь. И мамочка не расстраивается, потому что мы в отпуске и незачем, а я — ребёнок, и так бывает.

Папа тоже считает, что так бывает, поэтому мы кушаем. Эта самая пицца очень вкусная, но очень большая, поэтому я не могу её всю съесть, но мамочка говорит, что и не надо, потому что мы её с собой возьмём, чтобы потом вечером поужинать. Она очень умная, моя мамочка!

Когда я докушиваю так, что больше не могу, папа платит дяденьке денежки, а тот даёт нам две квадратные коробки. В них наш ужин, потому что так мамочка сказала. Значит, сейчас мы пойдём в гостиницу, а потом, наверное, обратно плюхаться. Потому что мы же на море приехали, поэтому нечего в гостинице сидеть...

— Нет, доченька, — объясняет мне мамочка. — Тебе надо после обеда отдохнуть, на улице сейчас жарко, а вот вечером...

Я это знаю уже, это называется «активное время», в которое детям вроде меня гулять нельзя, чтобы головка потом не болела. А она может заболеть, поэтому незачем рисковать, а надо посидеть в гостинице и посмотреть мультики, которые тут по телевизору идут. Мультики я люблю, даже очень! Поэтому я не капризничаю, а иду смотреть... Точнее, сначала спать и с сестрёнкой делиться, а вот потом будут мультики, мы их вместе с сестрёнкой посмотрим, потому что мы же сёстры!

Сестрёнка встречает меня слезами, но не от грустяшки, а потому что чувствует и видит всё то же, что и я, а от этого у неё эмоции. Мы же девочки, вот у нас эмоции слёзками и выходят, бояться тут нечего, потому что это нормально, так папа... дядя Серёжа говорит. Поэтому мы сидим в обнимку и выпускаем эмоции наружу. Сестрёнке хочется поплакать, ну и я за компанию, а то ведь ей одиноко будет самой плакать, правильно?

Оказывается, отпуск — это не только плюхаться! Папочка и мамочка ведут меня... в аквапарк! Я ещё не знаю, что это такое, но уже жутко интересно, потому что радость же! Мамочка и папочка обнимаются, потому что любят друг друга, мне папочка рассказал. Значит, так... Когда мальчик и девочка вырастают, они могут понравиться друг другу, а потом появляется любовь. А потом с этой любовью они женятся, и у них рождаются дети. Это я знаю, ну то, что я из маминого животика появилась, мамочка мне это ещё... давно рассказала.

Вот, мамочка и папочка любятся, поэтому обнимаются, я их тоже люблю, но меня ведут за ручку, и ещё я иногда на папе еду, ну, на шее, хотя я уже тяжёлая стала, но папа меня всё равно возит, потому что это папочка. Но сейчас я иду за ручку и оглядываюсь, потому что вокруг столько интересного! Ну вот прямо очень много! Ой... Обезьянка на дяде сидит и банан ест! А вот машинка белая без крыши проехала! А вон кошечка! А... А мамочка только улыбается, когда я показываю ей. И папочка улыбается тоже.

Аквапарк оказывается большущей площадкой, тут целых пять бассейнов, много горок, качели, карусели прямо в воде! И очень много детей! Мамочка кивает мне, и я сразу мчусь в сторону горок. Это же так здорово — взобраться наверх, а потом лететь в такой трубе с дырками! Лететь, лететь и... бултых! Прямо в воду! Я смеюсь, потому что это так чудесно! И ещё я знаю, что сестрёнка тоже смеётся, потому что всё-всё видит!

— Привет, я Маша! — столкнувшись с какой-то девочкой в воде, я сразу же принимаюсь знакомиться.

— Привет, а я Ира! — уже собиравшаяся, кажется, разозлиться, девочка снова улыбается. — А ты где живёшь?

Мы начинаем болтать и выясняем, что Ира совсем рядом в гостинице живёт, поэтому мы, наверное, сможем играть вместе, если мамы разрешат. Ну, моя-то точно разрешит, а про свою она не знает. Мы вместе играем и плюхаемся, потому что вместе веселее. И потом ещё на горку лазим и на карусели. Мамочка, конечно, видит, что у меня новая подружка, и идёт знакомиться с Ириной мамой. А папочка приносит им попить, потому что они же не плюхаются, как мы!

А потом мамочка говорит, что раз мы рядом живём, то можем в гости ходить и играться вместе, а сейчас у нас ещё ат-трак-ционы. Я это слово выговариваю с третьего раза, а Ирочка со второго, потому что у неё лучше получаются сложные слова. Но я не расстраиваюсь, потому что так бывает — у кого-то получается лучше, а у кого-то — хуже, и плакать тут не от чего, так воспитательница говорит.

Потом нас ведут обедать в кафе, чтобы кушать вкусности. Папочка говорит, что он угощает, а Ирочкина мама краснеет почему-то. Но нам приносят рис с чем-то вкусным внутри, поэтому мы с Ирочкой вместе кушаем. Она, оказывается, живёт где-то далеко-далеко на севере, где бегают живые олени, почти всегда снег, и даже медведи встречаются! А мы — в средней полосе, так папа говорит. У нас тоже бывают медведи, но я их не видела, а Ирина мама говорит, что и хорошо, что не видела.

После обеда мы идём обратно в гостиницу, потому что мне нужно поспать, а Ирочке почему-то нет, но мы договариваемся встретиться вечером на пляже, чтобы вместе плюхаться, а пока мне нужно... Я не расстраиваюсь из-за того, что мне нужно, потому что я же хорошая девочка. И очень послушная ещё, поэтому укладываюсь спать, чтобы поделиться с сестрёнкой. Она очень счастливая и радостная оттого, что мы так здорово отдыхаем. А ещё она говорит, что я — самая лучшая сестрёнка на свете, поэтому мы обнимаемся, а потом приходит пора просыпаться, чтобы идти с Ирочкой на море.

Мы так играем, что и не замечаем, когда наступает пора спать, потому что уже поздно, хоть и светло... Зато на следующий день мамочка и папочка ведут меня к рыбкам! Это такой большой аквариум, где много-много рыбок разных есть, они плавают, а папочка рассказывает мне о каждой рыбке. Оказывается, есть не только те, которых люди кушают, но и такие, что могут и человека съесть, меня так точно, но я не хочу, чтобы меня ели, поэтому мы уходим от зубастых рыб к беззубым. Они такие милые! Жалко, что поиграть с ними нельзя...

А потом ещё папочка повёл меня на карусели и на машинке покатал. Это было очень весело — ездить с другими машинками, стукаться о них, а когда они о нас стукались, я просто смеялась от радости, потому что было очень интересно. А ещё папочка сказал, что мы в кино пойдём, которое какое-то новое. Ну, не сами мультики, а всё новое! И оказалось, что да! Нам выдали специальные очки, и я будто оказалась внутри мультика, а ещё, когда там ветер дул, в мультике, и меня обдувало, как будто я действительно внутри! И водичка ещё! Было так здорово, что просто не описать как!

И вот так каждый день! Каждый день так интересно, весело и радостно, что просто не рассказать как. Я узнаю, что такое пицца, что макароны бывают очень разными, а не только длинными. А мороженое! Оно разное! И вкусное такое. А ещё никто не ругает, когда я обляпываюсь, а я же обляпываюсь, ну... так получается просто. Получается, что я — как свинюшка, но никто не ругается, даже сестрёнка во сне не ругает, а гладит и говорит, что я — самая лучшая. Мне нравится быть самой лучшей, потому что так же правильно!

Мамочка и папочка улыбаются всё время, потому что они тоже радуются. И я радуюсь не только потому, что много моря и игр, а ещё потому, что мамочка и папочка же. Мне от их улыбок тоже сразу весело становится, а ещё сестрёнка тоже веселеет. Мне кажется, она верит в то, что мы сестрёнки и навсегда вместе. Я не знаю, почему так получилось, но так получилось, ведь у неё никого не было, а теперь есть я, и ещё мамочка с папочкой тоже есть, хоть они и не знают. Я хотела рассказать им, но сестрёнка отговорила, потому что мы только во сне встречаемся, и взрослые не поймут... Но я верю, что поймут, потому что это же родители.

А потом как-то совсем неожиданно отпуск заканчивается, и нам надо ехать обратно, потому что скоро же в школу. Я сначала даже хочу заплакать, но сестрёнка говорит, что так всегда бывает, и я решаю не плакать, ну, во сне решаю, потому что, когда не сплю, я не плачу, пока не посоветуюсь с сестрёнкой.

Я долго прощаюсь с Ирочкой, мы обещаем писать друг другу и в следующем году снова встретиться обязательно! Мы обнимаемся и даже немного плачем, но не сильно, потому что встретимся же! А потом Ирочку уносит самолёт, а нам пора на поезд...

СТРАШНЫЙ ЧЁРНЫЙ КОЛДУН

МЛАДШАЯ

Я иду в школу! Здорово же? Я в красивом платье сегодня, с огромным букетом цветов для учительницы и ранцем, который мне дядя Серёжа подарил, у них там все с такими ходят. Я сегодня буду самая красивая, так мамочка говорит! А чтобы быть самой-присамой, нужно быть аккуратной. Поэтому я внимательно слежу, чтобы ни к чему не прислониться случайно и не стать свинюшкой.

Линейка в школе — это когда много-много детей стоят и слушают о том, что им очень рады и как всё будет хорошо. Вроде бы действительно рады, хотя они же нас не знают ещё? Необычно и очень радостно! Мне дают в руки большой колокольчик, говорят звонить им, а потом старший мальчик, почти дядя, сажает меня на плечо и идет по кругу. А я трезвоню, потому что очень радуюсь. Ведь я сама даю первый звонок!

А потом я прощаюсь с мамочкой и папочкой, чтобы идти со всеми в класс на первый урок. Самый первый мой урок! Хочется визжать, но я не визжу, потому что так неправильно. Поэтому я сегодня — пай-девочка, то есть очень послушная и вообще ангел, так папочка говорит. Поэтому я сижу на уроках, вместе со всеми пою песенки, читаю по слогам и даже могу посчитать палочки, за что меня хвалит учительница.

Первый день пролетает очень быстро, а после, ну, когда нас выпускают, я вижу мамочку, папочку и тётю Таисию! Я бегу к ним, потому что мне столько же нужно рассказать! Я теперь первоклашка, и жутко этим горжусь. Я теперь буду учиться очень хорошо, получать одни пятёрки и радовать мамочку с папочкой!

Теперь у меня появляются и домашние задания, но они простые, только на физкультуру мне со всеми нельзя, потому что дядя Серёжа сказал, что мы не будем рисковать. Мамочка тоже согласна не рисковать, и папочка тоже, а дедушка сморщился и сказал что-то нехорошее, наверное, потому что мамочка закрыла мне ушки руками. Сестрёнка говорит, что дедушка меня не любит, но я это уже и сама понимаю, потому что он холодный. Но я же не денежка, чтобы меня все любили, правильно? Вот и пусть не любит, если ему так хочется. Я так мамочке и говорю, а она улыбается, и папочка улыбается. Поэтому мы больше к дедушке не ходим почти.

Я занята в школе, и уроки ещё, поэтому очень устаю, хорошо кушаю и сплю. Мамочка учит меня самой разогревать себе еду в микроволновке. В этом ничего сложного нет, поэтому я хорошо справляюсь. Прихожу из школы и сразу же разогреваю, чтобы покушать. В школу я сама хожу, потому что она в соседнем дворе, а я уже большая-пребольшая и сама могу.

Мамочка меня всё больше хвалит, но я замечаю, что улыбаться она стала меньше, и папа иногда какой-то раздражённый. А почему это так, я не знаю, но не придумываю себе ничего, как мне сестрёнка говорит, потому что у взрослых бывает, а моё дело — учиться, вот я и учусь, чтобы радовать мамочку и папочку. А потом как-то вдруг начинаются осенние каникулы, но они небольшие, недельные, поэтому мы никуда не едем, а я просто сижу дома и красиво оформляю тетрадки. Ну ещё гуляю во дворе, потому что мамочка и папочка на работе.

Однажды я вижу, как к нашему дому подъезжает красивая чёрная машина, из неё выходит мамочка и какой-то дядя. Он мне не нравится, но я не спешу подбежать и спросить, потому что сестрёнка говорила, что во всякой непонятной ситуации сначала надо затаиться. Я сижу тихо-тихо за углом дома и смотрю, как незнакомый дядька обнимает и целует мамочку, совсем как папочка. От этого я замираю, мне хочется плакать. Мне очень хочется плакать, но я держусь, потому что нельзя же. Вдруг этот дядька просто заколдовал мамочку, и надо её расколдовать?

Надо обязательно спросить сестрёнку, что мне делать! Может быть, надо папочке сказать, что мамочку заколдовали? А вдруг от этого злой дядька убьёт мамочку? Нужно обязательно спросить сестрёнку, что мне делать, потому что это очень страшно.

Машина уезжает, а я опускаюсь на корточки и тихо плачу, потому что не понимаю, что происходит. Ведь у мамочки и папочки любовь, а тут получается, что мамочку заколдовали, как в мультике... И теперь получается, что нет любови? Наверное, нельзя показывать, что я увидела, ведь мамочку могут за это убить! Или папочку! Или... меня?

Проплакавшись, я иду к соседке, тёте Зине, чтобы попроситься умыться, но её нет дома, потому что на звонок никто не отвечает. Я тогда решаю пойти домой и сразу же умыться, чтобы не было видно, что я плакала. Наверное, мне нужно притворяться, что всё хорошо, потому что мамочка же в опасности! Ради мамочки я готова притворяться.

— Машенька? — зовёт меня мамочка. — Уже нагулялась?

— Да, мамочка, — отвечаю я, стараясь, чтобы голос звучал весело, потому что внутри меня всё дрожит от страха за мамочку.

Умывшись, я иду в комнату, чтобы посмотреть на мамочку поближе. Она очень весёлая, почти как в отпуске. Она что-то напевает и улыбается, но глаза у неё какие-то не такие. Значит, она действительно заколдованная. А как её расколдовать? В сказках для этого чаще всего надо убить колдуна, но он во-он какой огромный, а я маленькая. Наверное, надо сестрёнку спросить, как колдунов правильно убивать.

Я стараюсь быть весёлой весь вечер, чтобы никто ничего не заподозрил. И, кажется, у меня это получается, потому что папочка всё так же улыбается мамочке, а мамочка — папочке, и оба разговаривают со мной ласково. Я моюсь и спешу в кровать, к сестрёнке, чтобы рассказать, потому что мне очень хочется поделиться своими переживаниями и очень не хватает её совета.

— Понимаешь, сестрёнка... — она плачет вместе со мной. — Так иногда бывает... Ты можешь рассказать папе, но, скорей всего, они просто поссорятся, и всё, а так...

Я начинаю её расспрашивать, и тут оказывается, что у взрослых бывает любовь, которая не навсегда, поэтому не надо плакать, а просто жить, как живётся, потому что взрослые разберутся сами. Но я понимаю, что само по себе колдунство не пропадёт, и, если надо, пусть колдун лучше меня возьмёт, чем мамочку. Потому что мамочка сможет себе другую Машеньку родить, а у меня же нет мальчика, поэтому пусть лучше меня заберёт... Хотя мне очень страшно... Но я очень-очень люблю мою мамочку и согласна даже на то, чтобы меня съели в обмен. Ведь злые колдуны — они, как Баба Яга, обязательно кушают маленьких девочек, ведь мы для них — как мороженое. Вот и пусть лучше съест меня, а мамочку расколдует!

С дяденькой страшным чёрным колдуном мне удаётся встретиться только через пару дней. Потому что нужно ещё сделать так, чтобы он не успел мамочку убить. Значит, она должна уйти домой, а я... Я же согласна, чтобы меня вместо мамочки! Поэтому всё в порядке, но сначала мне надо пойти в школу. Потому что злой колдун мамочку привозит после обеда, почти вечером, а до тех пор ещё школа же.

Если бы не сестрёнка, я бы, наверное, плакала день и ночь, но она меня обнимает, и я укрепляюсь в своём решении спасти мамочку. Сестрёнка меня не отговаривает, а только гладит и рассказывает, что я — большая умница. Хорошо, что она у меня есть, потому что без неё было бы совсем плохо, а так я точно не одна.

Я иду в школу, хотя мне грустно на сердце, но я знаю, что нужно улыбаться, и потому улыбаюсь. Я очень сильно улыбаюсь, чтобы никто не знал, как мне грустно. Вот я и улыбаюсь, а сама вспоминаю, как было здорово до того, как мамочку заколдовали. От этих воспоминаний мне хочется улыбаться и плакать одновременно. Но я держусь, потому что кроме меня никто не сможет справиться со страшным чёрным колдуном.

Наверное, сегодня какой-то особенно неприятный день, потому что, когда я выхожу на перемену, какой-то мальчишка подбегает сзади и задирает мне юбку. В первый момент я хочу заплакать, потом сделать ему больно, но быстро беру себя в руки, потому что я же — хорошая девочка, а мальчик, наверное, из плохих, ну, или ему просто интересно, какие трусики на свете бывают.

— Ты хочешь на трусики посмотреть? — спрашиваю я у него. — У тебя своих нет, да? Поэтому ты их никогда не видел и теперь просто посмотреть хочешь?

— Да ты! Да я тебя сейчас! — замахивается на меня плохой мальчик, а я представляю, что он просто, как сестрёнка, ну, без ласки всю жизнь.

— Бедненький, — говорю я ему. — Не бойся, я никому не скажу, что у тебя их нет.

— Да я тебя! — кричит он, но потом вдруг разворачивается и убегает, а я не понимаю, почему он так делает, ведь я же действительно не буду рассказывать.

Но мальчик не возвращается, а нас, кажется, действительно никто не слышал, тогда почему он убежал? Не понимаю я этих мальчишек на самом деле. Наверное, когда они вырастают, в них появляется что-то, из-за чего они нравятся девочкам, чтобы потом на них жениться и любовить. А пока они непонятные, как этот мальчик. Я вздыхаю и возвращаюсь обратно в класс, потому что мне невесело.

Учительница, кстати, видит, что мне невесело, но она думает, это из-за того, что тот мальчик сделал. Она мне говорит, что не надо от такого расстраиваться, а я отвечаю, что не расстраиваюсь, ведь тот мальчик, он, может, трусиков никогда не видел. Нельзя обижаться на человека, которому не повезло так, что даже трусиков нет. Учительница начинает улыбаться, а потом хихикает и отпускает меня. Но и во время урока она хихикает иногда, наверное, ей смешинка в рот попала.

Во время уроков я запрещаю себе думать о том, что мамочку заколдовали, хотя хочется плакать без остановки, но сестрёнка говорит, что я сильная, поэтому мне нужно держать себя в руках. Я держу, потому что так сестрёнка же сказала. Поэтому я на уроках хорошо работаю и получаю пятёрки, чтобы радовать, наверное. Может быть, хотя бы папочка порадуется, раз мамочка пока заколдованная?

Я возвращаюсь домой. Привычно переодеваюсь, потом грею себе обед. Почему-то каша мне кажется невкусной, хотя я раньше её очень любила, но сегодня она какая-то безвкусная совсем... И ещё мне ничего не хочется — ни гулять, ни уроки делать. Поэтому, поев, я сажусь за уроки, чтобы всё быстро сделать и выгнать себя на улицу. Может быть, получится с колдуном поговорить, потому что устаю уже от ожидания... Быстро сделав математику и написав правильно крючочки, я выхожу на улицу, чтобы спрятаться на моём месте и ждать, когда страшный чёрный колдун привезёт мою мамочку.

Кажется, мне везёт сегодня. Я вижу опять эту страшную чёрную машину, мамочка, радостная, целует этого колдуна и убегает, а страшный дядя почему-то не уезжает сразу, а начинает сосать дымящуюся трубочку. Это сигарета, я знаю, она жутко вредная, так дядя Серёжа говорит, но чёрному колдуну, наверное, можно, потому что его не жалко. Я выхожу из-за угла и подхожу к страшному дяденьке, хотя мне в туалет от страха хочется.

— Ты хочешь забрать у меня мамочку? — негромко спрашиваю я его, отчего колдун начинает кашлять. — Я согласна, можешь съесть меня, только расколдуй мамочку, пожалуйста.

Страшный чёрный колдун отбрасывает сигарету, а потом садится на корточки и смотрит мне в глаза. А я, запинаясь, говорю ему, что у мамочки и папочки — любовь, и если что, они себе другого ребёнка родят, а меня он может скушать, ведь мамочка важнее. Дяденька вдруг перестаёт быть страшным. Он протягивает руку и гладит меня по голове.

— Что ты, малышка, — качает колдун головой. — Я

никогда не заберу мамочку у такой хорошей девочки. Прости меня, я не знал, что она — твоя мама.

— Ты её расколдуешь? — спрашиваю я его. — Можешь со мной что хочешь сделать!

— Я не буду ничего делать, малышка, — как-то очень грустно улыбается он. — И прямо сейчас расколдую твою маму, только это ей не понравится, она может рассердиться, ты это понимаешь?

— Пусть, — решаю я, потому что действительно пусть. — Лишь бы она не была заколдованной...

— Хорошо, — улыбается он мне. — Ты беги домой, а я буду твою маму расколдовывать.

И я ему верю! Поэтому с радостным предвкушением, как перед днём рождения прямо, бегу домой. Я бегу, чтобы увидеть, как мама расколдовывается и становится прежней. Я очень-очень хочу это увидеть, потому что это же моя мамочка! Я верю страшному чёрному колдуну, почему-то очень сильно верю и бегу со всех ног. Сейчас мамочка станет прежней!

Я едва не падаю, просто бегу и бегу, при этом даже не думаю, как отреагирует мамочка, которую резко расколдуют. Запыхавшись, я подбегаю к двери, чтобы открыть её. Не сразу попадая ключом в замочную скважину, я резко открываю дверь и вбегаю домой. Сначала я ничего не слышу, поэтому скидываю уличную куртку и обувь, а потом вбегаю в комнату.

— Мама! Мамочка, я дома! — радостно кричу я и осекаюсь.

На меня смотрит какая-то чужая мама. Её глаза в слезах, но не это главное, она смотрит так, как будто хочет меня побить или ещё что-то такое сделать. Это так страшно, просто жутко, а потом она резко встаёт с дивана и с каким-то очень злым лицом шагает ко мне, для чего-то поднимая руку. Но что она хочет сделать, я не успеваю понять, потому что вдруг выключается свет, и меня хватает сестрёнка, прижимая к себе.

КТО ЛЮБИТ СЛЁЗЫ?

МЛАДШАЯ

Сестрёнка меня успокаивает, говоря, что тот дядя, скорее всего, мамочку «послал», и от этого она была злой, но я неожиданно уснула и всех напугала, потому что это же мамочка, и надо верить в то, что она хорошая. Я верю очень-очень. А сестрёнка меня гладит и говорит, что всё наладится, потому что страшный дядя оказался не какашкой. А потом я просыпаюсь.

Всё вокруг белое, и что-то пиликает слева от меня. Значит, я снова в больнице. Рядом со мной доктор, потому что он в зелёном костюме. Он хмурится и что-то разглядывает на бумаге. Увидев, что я проснулась, доктор гладит меня по голове и сразу же очень по-доброму улыбается.

— Очнулась, моя хорошая? — мягко спрашивает он меня. — Чего ты так испугалась?

— Не помню, — честно отвечаю я, потому что действительно не помню.

Весь день — как в тумане, я даже не помню, что было в школе. Вот только что, когда с сестрёнкой разговаривала, помнила же, а сейчас всё как в тумане, только знаю, что злой колдун расколдовал мамочку. А больше ничего не знаю.

— Ничего, это бывает, — улыбается мне врач, поглаживая по голове. — Сейчас позовём твою маму, покажем, что ты жива.

Мне почему-то становится немножко страшно, но я себя заставляю не бояться, потому что тут же больница, значит, всё будет хорошо. Плохо только, что ничего не помню... От чего-то же я уснула? И это что-то было с мамочкой связано, ну, мне так кажется. Но тут открывается дверь, и в палату вбегает мамочка. Незаколдованная! Только испуганная, кажется... Она бросается ко мне, сразу же обняв.

— Машенька, доченька, как же ты меня напугала! — восклицает мамочка. — Я уже думала... я думала...

— Я тебя так люблю, мамочка! — говорю я ей, а она прижимает меня к себе.

— Малышка моя, — гладит меня мамочка. — Не надо так пугаться, мама тебя тоже очень-очень любит.

— Я больше не буду, — обещаю ей, хотя и не уверена, что смогу выполнить это обещание.

Приходит доктор, что-то объясняет мамочке, она кивает, не выпуская меня из рук, а потом выясняется, что меня домой отправляют. Ну, потому что уже всё выяснилось, а я ещё пару дней дома с мамочкой посижу, чтобы всё было хорошо, а потом опять в школу пойду. Оказывается, меня нельзя пугать, потому что сердечку это не нравится. Мне это тоже не нравится, но я не помню, чего испугалась, а доктор сказал, что такое бывает, и мама тоже сказала. А вечером, когда мы уже дома, дядя Серёжа сказал «ага», а дальше я не слышала, но мы ещё не дома.

Мамочка меня на руках несёт, хотя я тяжёлая, но она очень испугалась же. Так испугалась, что просто прижимает меня к груди. Она выходит на улицу, а там как раз машина подъезжает, которую я сразу же узнаю — это папа приехал! У него не такая длинная страшная машина, как у колдуна, поэтому я сразу начинаю улыбаться.

— Прости, дорогая, приехал, как только смог, — папа выскакивает из машины, но мама ему меня не отдаёт. — Что случилось?

— Машенька сознание потеряла, — плачущим голосом говорит мамочка, и папочка сразу же обнимает её.

Меня укладывают на сиденье, а родители успокаиваются. Ну, по-своему, то есть обнимаются, чмокаются, но я рада, что они так, потому что обнимающая колдуна мамочка — это очень страшно. Поэтому я радостно улыбаюсь — ведь мамочка снова настоящая и незаколдованная. А колдун хороший оказался, хоть и страшный, получается, только я не помню, как всё было...

Мы едем домой, я улыбаюсь, а мамочка рассказывает папочке, что меня нельзя пугать, потому что сердечко может разладиться, и я в обморок упаду. Ну, это когда неожиданно засыпаю, так называется. Но мне не страшно, потому что во сне меня всегда ждёт сестрёнка, а она очень хорошая и совсем уже не бяка. Папочка качает головой и говорит, что пугаться не надо, потому что ничего плохого произойти не может.

Потом я оказываюсь дома, и мы кушаем. Мамочка почему-то вздыхает, но не говорит, почему, а дома немножко намусорено, потому что мамочка испугалась, когда всё пороняла. Я хочу помочь ей убрать, но мамочка строго говорит мне полежать, и я лежу, потому что я — послушная девочка. Потом папочка говорит, что он сходит, предупредит учительницу, что меня не будет, но мамочка отвечает, что не надо, потому что из больницы уже позвонили, чтобы сказать, что меня пугать нельзя, тогда папочка улыбается и говорит, что готов кушать.

Мамочка кивает и уходит на кухню, чтобы что-то вкусное приготовить, а я улыбаюсь и смотрю мультики, которые мне папочка включил. Они очень весёлые, а ещё у меня есть время подумать, потому что все заняты и на меня не смотрят. Я что-то сделала такое, отчего колдун расколдовал мамочку, но меня не съел. Может быть, я его убила? Нет, у меня и сил-то не хватит... Надо будет спросить сестрёнку о том, как я злого колдуна победила. А сейча-а-ас, сейчас мы будем кушать!

Даже не замечаю, как заканчивается день. Мамочка делает очень вкусный ужин, и мы с папочкой очень её хвалим, а она улыбается нам. Немножко грустно, но улыбается, и это хорошо, а почему немножко грустно, я не знаю, но у взрослых же могут быть разные мысли, поэтому мне хватает того, что она просто улыбается. Это же очень хорошо, что мамочка улыбается!

Сегодня мне не разрешают самой помыться, мамочка

меня моет, только то самое место я сама мою, потому что папа... дядя Серёжа говорил, что так правильно, и чем меньше там будет чужих рук, тем лучше. Мамочка с этим согласна, поэтому вот так и получается. А после мытья она меня спать укладывает, гладит по голове и рассказывает сказку, и я засыпаю... Хотя завтра в школу не надо, но надо поспать, потому что я же послушная девочка.

Сестрёнка меня сразу же обнимает. Она знает, что я не помню, но пока только гладит, а мне же интересно очень. Поэтому я жду, когда она расскажет мне, что случилось. И вот она начинает мне рассказывать, как я страшного колдуна уговорила мамочку отпустить. Он действительно оказался не плохим, хоть и колдун, как только узнал, что это моя мамочка, то сразу её расколдовал.

— Значит, мамочка могла сердиться, потому что он её слишком быстро расколдовал, — понимаю я, почему могла испугаться.

Сестрёнка мне рассказывала о таких людях, которые постоянно что-то пьют из бутылочки, и если эту бутылочку сразу отобрать, то им плохо будет, и они отбиральщика поколотить могут. Вот, наверное, мамочка хотела поколотить? И я испугалась... Ну, конечно, я испугалась, потому что это же страшно, когда хотят побить. Мне сестрёнка рассказывала, как это страшно, поэтому я и не хочу...

Я очень хорошо заканчиваю четверть, а впереди уже Новый год! Только мамочка и папочка всё чаще громко спорят, и мамочка проигрывает, поэтому плачет. Я сначала думала, что они ругаются, но потом поняла, что это просто спор такой, потому что ругаться же плохо, а мамочка и папочка не могут делать то, что плохо. А сестрёнка меня только гладит, когда я рассказываю.

Однажды мне даже показалось, что я что-то натворила, не знаю что, и поэтому мамочка и папочка спорили. Наверное, решали, как меня за это надо наказать, ну там сладкого лишить или телевизора, но я решила, что пусть лучше нашлёпают, но не спорят, потому что от их спора у меня голова закружилась. Поэтому я сделала так, как сестрёнка о себе рассказывала — взяла папин ремешок и принесла родителям. Но они от этого только сильнее спорить начали, наверное, никак не могли решить, как меня нашлёпать... Так и не нашлёпали, а мамочка меня обнимала и плакала. Наверное, потому что опять в споре проиграла.

Поэтому, когда родители спорят, я в комнату свою ухожу, чтобы им не мешать. Ну, если им так нравится, то пусть, правда, мне от этого почему-то плакать хочется. Но сестрёнка меня успокаивает, поэтому, когда я не в школе, то много сплю, проводя с ней время. Потому что с сестрёнкой мне не плакательно.

Когда выпадает снег, родители меня катают на санках, только это всё как-то не так, как раньше. Иногда мне кажется, что они через силу со мной гуляют, но сестрёнка говорит, что не надо так думать. Она такая умная, если бы не она, я бы, наверное, плакала днём и ночью, а так я только иногда днём плачу, потому что пугаюсь. Сестрёнка говорит, что пугаться не надо, и всё пройдёт, но мамочка очень пугательно спорит, поэтому мне и страшно становится.

Я всё равно стараюсь не пугаться и радоваться снегу, потому что скоро же Новый год! Придёт Дед Мороз и принесёт подарки, я даже знаю, что у него попрошу, только тс-с-с, это секретный секрет! А пока я катаюсь на санках с папочкой, а мамочка с нами не всегда ходит, но я всё равно смотрю, чтобы её не заколдовали снова. Мамочка пока не заколдованная, только почему-то всё чаще уставшая, поэтому я ей помогаю — убираю, даже пылесос уже освоила, поэтому могу убирать, и пол мыть ещё, а на кухне мамочка мне не разрешает.

Папочка приносит ёлочку, она так здорово пахнет, что я начинаю больше улыбаться, потому что всё абсолютно точно будет хорошо. А в воскресенье мы все вместе наряжаем нашу ёлочку. Игрушки вешаю я — звёздочки повыше, большие шарики пониже. А потом папочка поднимает меня, и я ставлю красивую звёздочку на верхушку. Она сразу же загорается разноцветными огнями! Это так здорово! И ещё означает, что скоро-скоро будет праздник, вот!

А потом к нам в гости приходит Дедушка Мороз! Я ему стишок приготовила, поэтому читаю его, а Дедушка Мороз улыбается сквозь бороду. Он похож на папочку, но это не может быть папочка, потому что он на работе. А вот потом наступает то, чего я так долго ждала!

— Что тебе подарить? — задумывается Дедушка Мороз. — Зайчика или куклу?

— Не дари мне ничего, Дедушка Мороз, — прошу я его.

— Только сделай так, чтобы мамочка и папочка не спорили и всегда были вместе!

— Хорошо, малышка, — папиным голосом говорит он, а потом поворачивается и уходит. Значит, он выполнит мою просьбу?

— Маленькая моя! — мамочка плачет и обнимает меня так, что, кажется, косточки хрустят.

А папа, когда приходит с работы, тоже ёлкой пахнет, только немного необычно, и получается такой запах, как в аптеке. Я же не помню, как раньше было, значит, как сейчас — так правильно. Я радуюсь тому, что мамочка и папочка уже почти не спорят, ну, когда я слышу, поэтому мне не плакательно, хотя иногда...

Потом папочка уходит на всю ночь, потому что ему по работе надо, а мамочка недовольна, ведь она должна сидеть со мной. Ну, я просто слышу, что она по телефону с какой-то тётенькой разговаривает. Когда мамочка заканчивает, я подхожу к ней и говорю, что если она хочет, то может с папочкой пойти, потому что я одна могу посидеть, ведь я уже большая! А мамочка сердится и говорит, что я получу по попе, если буду лезть не в своё дело. Это меня сильно удивляет, но я вспоминаю, что говорила сестрёнка, поэтому отвечаю «хорошо» и хочу уйти, потому что нельзя злить взрослых, когда они сердятся. Так сестрёнка говорит. Но, наверное, я как-то не так говорю, потому что мамочка начинает сердиться ещё сильнее, а потом хватает меня и кладёт к себе на коленки животиком.

Я не понимаю, что она хочет делать и зачем с меня трусики снимает. А потом... потом раздаётся хлопок, становится больно сзади, где попа, и я оказываюсь в руках сестрёнки. Она меня обнимает и плачет, я её тоже обнимаю, вытираю ей слёзки и спрашиваю, почему она плачет. Сестрёнка объясняет мне, что мама сейчас даёт мне по попе, но я, наверное, испугалась, поэтому снова с сестрёнкой. Я киваю и говорю ей, что тогда надо мне снова проснуться, потому что мамочка же старается, и надо хотя бы поплакать, чтобы ей приятно было. Ну, что она не зря старалась.

Я открываю глаза и вижу, что лежу на кровати, а мамочка меня обнимает и просит открыть глазки. А я прошу мамочку не плакать, потому что у меня уже платье мокрое. Оказывается, мамочка меня нашлёпала, и я уснула, а она подумала, что я от этого умерла. Я мамочке говорю, что постараюсь не засыпать и, если она хочет, может сейчас ещё раз нашлёпать, а я поплачу, чтобы ей было приятно.

— Ты считаешь, что мне будет приятно видеть твои слёзы? — тихо спрашивает меня мама.

— Ну, ты же делаешь больно попе, — объясняю я. — Если больно, тогда я плачу, значит, ты хочешь, чтобы я плакала, правильно? А если я уснула, то не плачу, и тебе от этого грустно.

— Малышка... — мама начинает плакать так, как будто это я ей попу набила. — Я никогда... Клянусь... Никогда больше!

— Не плачь, мамочка, — прошу я её и гляжу ещё, потому что мне тоже хочется поплакать, ведь мамочка же плачет...

А потом мамочка меня обнимает и рассказывает, что больше никогда-никогда не будет меня бить по попе, потому что ей совсем не нравятся мои слёзы. А если не нравятся, зачем она тогда шлёпала? Не понимаю я иногда родителей. Но самое главное то, что мамочка плакать перестаёт, потому что очень грустно, когда она плачет.

Мамочка укладывает меня спать, и во сне я сижу с сестрёнкой, рассказывая ей, что случилось. Она меня хвалит и гладит, мне очень нравится, когда она меня гладит, потому что сестрёнка же! Поэтому мы сидим и разговариваем, а утром, когда я просыпаюсь, оказывается, что пришёл папа, мамочка не очень довольна, потому что папочка был «пьянь» и уписался. Я думала, что такие большие дяди не писаются, а оказалось, что бывает. Когда папочка просыпается, мамочка отправляет меня гулять с санками во дворе, но забывает, что окна тоже же во двор открываются, поэтому я слышу отголоски их спора. Очень интересно, оказывается! Папочка мамочке в кармане подарок принёс — трусики, но мамочке они не понравились, не знаю почему. Смешные эти взрослые иногда...

АВАРИЯ

МЛАДШАЯ

Несмотря на странности и споры, Новый год проходит очень весело, и я даже получаю подарки, хотя знаю, что они не от Деда Мороза, потому что у него я совсем другое же попросила. А когда после празднования, фейерверка и радостей папочка укладывал меня спать, он сказал странную фразу о том, что однажды уйдёт, но я не поняла, о чём он, ну и ещё очень радостная была, потому что Новый год же!

— Ты не знаешь, что папа имел в виду, когда это сказал? — спрашиваю я сестрёнку во сне.

У неё глазки сразу грустные становятся, она начинает мне рассказывать, но я плохо понимаю, а потом до меня доходит. Оказывается, иногда у взрослых бывает так, что мальчику или девочке нужно погулять на улице подольше. Ну, им просто надо, и они долго-долго гуляют, могут даже целый год гулять, потому что так бывает. И вот папочка предупредил меня о том, что такое время у него может наступить, чтобы я не пугалась и не плакала. Он такой заботливый! Теперь я знаю, что когда он пойдёт гулять, то всё равно однажды вернётся, поэтому надо будет только ждать.

Взрослые такие сложные, просто не сказать какие, поэтому всё-всё понять невозможно просто, но я и не буду, я же ещё маленькая. А ещё у меня есть сестрёнка, которая мне всё-всё объясняет, отчего мне и не страшно совсем. Кстати! Во сне я смогла сделать комнату, как у меня дома, вот в точности, и кроватку даже, хотя сестрёнка говорит, что ей не нужно спать, но как же без кроватки?

Теперь сестрёнка живёт в моей комнате, только во сне. У нас есть игрушки, настольные игры и книжки разные, которые она может читать. Как это так, я не знаю, но сестрёнка говорит, что очень уютно получилось. Поэтому, когда я закрываю глазки, то оказываюсь в своей комнате, где меня ждёт сестрёнка. Это здорово!

После Нового года становится не так весело, хотя в школе меня выбирают старостой класса! Это значит, что я за всё отвечаю и должна следить за порядком. Но у нас не нужно следить, потому что все хорошие, кроме Валеры. Он хулиганит, дёргает девочек за косички и вообще бяка, но сестрёнка говорит, что он может быть, как она, поэтому с ним надо попробовать поговорить. Она меня даже учит, как нужно разговаривать, если мальчик такой, как она была когда-то. И я делаю, как она советует.

— Давай отойдём, — спокойно говорю я Валере.

— Давай, — он улыбается зло, но в его глазах я вижу тоску, какая у сестрёнки была, когда она рассказывала.

Мы отходим подальше от других, и тут сходу я предлагаю ему дружить, а потом, не давая ответить, говорю ему, что он грустный, это же видно. И глажу его по руке, а он старается не заплакать. Я вижу, что Валере очень хочется плакать, поэтому обнимаю его, как сестрёнку, и спрашиваю, что случилось. Потом мы вместе немножко плачем, но я говорю, что мы друзья, и он улыбается.

У Валеры умирает мама... Ей, может, месяц жить осталось, а может, полгода, но спасти её нельзя, хотя вечером я прошу мамочку позвонить дяде Серёже, чтобы спросить. Её нельзя спасти, и крёстный подтверждает это, зато советует подойти к учительнице и объяснить, что Валере нужно тепло, потому что это же очень страшно. Я представила, что такое происходит со мной, и чуть не уснула, где стояла.

За этими хлопотами проходит время, уходит зима, а весной я вижу, что папочка становится как будто заколдованным, но я колдуна не вижу, поэтому спрашиваю мамочку, не заколдовали ли папочку. Ну, как её заколдовывали. Мамочка всхлипывает и говорит, что лучше бы заколдовали, потому что папочка становится бякой. Ну, это я так понимаю. Но папочка не может стать бякой, потому что он же папа. Наверное, мамочка что-то неправильно понимает.

А потом приезжает папа... дядя Серёжа! Я ему так радуюсь, так радуюсь, просто до визга. Он меня подбрасывает в воздух, хотя я же тяжёлая уже, но он как-то подбрасывает, поэтому я весело смеюсь. Крёстный привозит мне игрушки, а потом отправляется разговаривать с родителями. Я знаю, что подслушивать плохо, поэтому и не делаю этого, хотя мне жутко интересно. А потом он выходит, вздыхает и говорит, что я малышка и единственная нормальная. Правда, я не понимаю, что это значит, зато жалуюсь ему.

— Понадеемся, что твои мама и папа вспомнят о том, что они взрослые люди, — отвечает мне дядя Серёжа.

— Они думают, что они малыши? — удивляюсь я.

Крёстный меня только молча обнимает, а я думаю. Если мамочка и папочка думают, что они малыши, тогда всё понятно! Они просто горшок поделить не могут, и теперь нужна воспитательница, пока они не уписались! Я спрашиваю дядю Серёжу, а он смеётся и говорит, что мамочка и папочка теперь подумают о своём поведении, значит, он их в угол поставил.

А потом мы идём гулять с па... дядей Серёжей. Ну, мамочка и папочка же наказаны, поэтому мы гуляем вдвоём. Он мне рассказывает о своей любимой и о доченьке, даже говорит, что однажды они тоже приедут, просто доченьке пока нельзя — у неё школа, и не прилетишь так просто. Я слушаю его, радуясь, потому что правильно же, что у крёстного есть любимая и доченька. Он же хороший, вот ему за это награда. Потому что доченька — это награда, так мамочка говорит... говорила раньше... Но грустить мне нельзя, поэтому мы катаемся на каруселях в парке, а потом кушаем в кафе. Я рассказываю о школе, про то, что я — староста, и про Валеру, и какая у нас учительница, и какие уроки, а дядя Серёжа очень всем интересуется.

— А почему тебе интересно, а мамочке и папочке нет? — спрашиваю я его.

— Они очень занятые, — как-то криво улыбнувшись, отвечает мне крёстный. — Всё будет хорошо, Кнопка, вот увидишь!

— Я верю, — отвечаю ему, потому что действительно верю же. — А ты долго будешь?

Оказывается, дядя Серёжа побудет у нас до моего дня рождения, который совсем скоро уже, а потом улетит обратно домой. Я и не заметила, как время пробежало, потому что кажется, что вот только-только был Новый Год, и вот уже мой день рождения скоро, через неделю всего! Интересно, а почему тётя Таисия к нам очень нечасто заходит? Я спрашиваю дядю Серёжу, а он обещает узнать.

А еще крёстный привёз две большие коробки, они красиво упакованы, с ленточками, но он не разрешает мне их брать. Но мне же любопытно! Так нечестно же! А дядя Серёжа говорит, что всё честно, и улыбается. И я тоже улыбаюсь, потому что это же крёстный! И ещё верю, что всё-всё хорошо будет. Вот мамочка и папочка подумают в углу, и всё сразу станет хорошо. Я верю!

День рождения наступает как-то неожиданно, хотя я его, конечно же, очень жду. Потому что в этот день же мамочка и папочка дома. Они меня очень любят, и я люблю их. И еще па... дядя Серёжа тоже тут. Поэтому утро начинается с моего визга, потому что папочка меня подбрасывает вверх, рассказывая мне, какая я хорошая девочка! Мне сегодня исполняется целых восемь лет!

Этот день только мой, так мамочка и папочка говорят. Они в этот день не спорят, а если кто-то начинает кукситься, то дядя Серёжа хмурится, и все сразу же исправляются. Скоро у нас отпуск будет на море! Как в прошлом году, потому что так правильно. Меня сразу же задаривают подарками, и я узнаю, что было в тех двух коробках, которые привёз дядя Серёжа. Большущий медведь, очень мягкий, и к школе много всего — пять разных наборов карандашей, ручек, мелков, ещё что-то, что я сразу даже не понимаю, что такое. А потом у нас завтрак, торжественный!

И мы идём в цирк! Все вместе! А потом в кино! А потом и карусели будут, но сначала цирк! Это так здорово, что я подпрыгиваю от нетерпения, но сначала надо, конечно, покушать, потому что кушать — это очень важно. Завтрак очень вкусный, потому что мамочка его для меня сделала. Ну, для всех, конечно, но для меня — особенно. А потом я надеваю новое платье, чтобы быть очень красивой. Оно светло-зелёное, с красивыми разноцветными бабочками, которые блестят на солнышке. Я в это платье с первого взгляда влюбляюсь, ведь оно такое... просто волшебное!

Мы едем на машине в цирк, где много-много уже людей, больше всего детей, конечно, потому что цирк — это для детей. Мы усаживаемся посередине ряда, рядом с нами ещё садятся, и я готовлюсь смотреть. В цирке я уже была, поэтому ничего нового тут для меня нет — круглый дом, ступеньки, а посередине... как колодец и круглая площадка, где артисты выступают, арена называется. Но у нас третий ряд, поэтому кажется, что всё будет прямо перед носом происходить.

Сначала выходят клоуны, они веселятся, изображая, что бегают и падают, а потом начинается... Гимнасты, акробаты на огромной высоте жонглируют какими-то бутылочками, ходят по воздуху и летают ещё. Очень красиво! Я хлопаю в ладоши, потому что здорово же! А потом появляются звери, и даже тигры ведут себя, как кошечки. И клоуны ещё заставляют радостно смеяться!

После цирка я с шариком на верёвочке иду и делюсь впечатлениями, как это дядя Серёжа называет. Я такая радостная, что не хочу видеть, что папочка и мамочка не такие весёлые, как обычно в день рождения любимой меня. Не хочу, и всё! Поэтому мы едем в парк, где есть и кино с брызгами, и карусели, и ещё много чего. Сегодня я веселюсь изо всех сил, как будто что-то плохое произойдёт, если я не буду веселиться. Я даже потом рассказываю сестрёнке о том, что мне сегодня было один раз немного страшно, когда я увидела, как мамочка на папочку посмотрела, когда он засмотрелся на тётеньку какую-то. Но сестрёнка говорит, что у мальчиков такое бывает, и я понимаю, что просто неправильно поняла, что происходит, поэтому страшно и было.

Ну а после дня рождения... Ой, сначала я, конечно, на следующий день всех в классе конфетами угощала, и они меня тоже поздравляли, вот. А потом потекли дни, и дядя Серёжа улетел, но мамочка и папочка больше не были маленькими, а вели себя хорошо. Особенно папочка, он перестал спорить с мамочкой, ну, я просто не слышала больше, чтобы они спорили, мамочка успокоилась, и всё стало, как прежде. Я в это очень-очень верить хочу.

Год я заканчиваю на одни пятёрки, это же здорово? Вот, заканчиваю я его на одни пятёрки, мамочка радуется, и папочка тоже радуется, мне за это покупают большущую порцию мороженого, но просят есть медленно, чтобы не заболеть, потому что обидно же будет заболеть перед отпуском. Нас ждёт море! Оно ждёт!

Папочка ещё раз говорит, что мы на машине поедем, потому что на поезд нет билетов. Я расспрашиваю о том, что это значит. Оказывается, может так быть, что все места заранее раскуплены, но мне немножко странно, потому что папочка о машине давно говорил, но, может быть, действительно все хотят на море? На машине тоже должно быть интересно, хотя немножко скучнее, потому что нужно постоянно сидеть, и попа устаёт. Зато можно спокойно спать, хоть бы и всё время! Наверное, я буду спать, потому что с сестрёнкой же интереснее. Хотя немножко в окошко посмотрю, тоже с сестрёнкой, ведь это же интересно! А потом, когда будут спрашивать в школе о том, как я лето провела, смогу рассказать обо всём.

Во сне у нас же комната есть, где сестрёнка живёт, поэтому там можно поиграть, пока всё равно скучно, так что я совсем не расстраиваюсь, взамен папа разрешает взять с собой любые игрушки, и я набираю, конечно, да так, что едва в машину всё влезает, отчего мамочка ворчит, но она не зло ворчит... кажется.

И вот, наконец, наступает день отъезда. Меня устраивают в машине, но ещё утро совсем раннее, и я хочу ещё спать. Поэтому я отправляюсь к сестрёнке, а папа везёт нас на море. Мамочка, кажется, тоже засыпала, когда я к сестрёнке пошла. Вот, с сестрёнкой мы немножко играем, потом... Потом я говорю, что нужно комнате душик добавить, и мы начинаем представлять ванную, потому что сестрёнка говорит, что ванная лучше. Это очень весело, поэтому я и не замечаю, как проходит время. Меня будит мамочка, чтобы покормить. А пока она меня кормит, я вижу, что папа пьёт из какой-то зелёной бутылочки. После этого папа начинает улыбаться, как будто что-то весёлое было в этой бутылочке.

— Ты что, выпил? — интересуется мамочка в машине, принюхавшись.

— Нет, ты что, дорогая, я же за рулём, — отвечает ей весёлый папа, но я слышу фальшь в его голосе.

Неужели папочка обманывает мамочку? А зачем он это делает? Я мучаюсь этим вопросом, а тем временем мы едем дальше. Оттого, что меня этот вопрос мучает, я никак не могу уснуть и отправиться к сестрёнке, поэтому думаю о ней, чтобы она тоже видела красивую дорогу. Мы взбираемся на горку, с самого верха которой видно что-то, похожее на полоску моря. Я уже предвкушаю, как буду плюхаться в воду, поэтому сижу тихо-тихо, чтобы не мешать.

— Ты точно не пил? — опять интересуется мамочка. Я потом уже думала: а вдруг она предчувствовала? — Быстро отвечай!

— Дорогая, давай не будем ссориться в машине! — с нажимом отвечает папочка, почему-то ускоряя машину, но при этом глядя на маму.

— Останови немедленно! — почти кричит мамочка, и тут что-то происходит.

Мне кажется, что-то большое и чёрное надвигается на машину, что-то трещит, ломается, кричит мамочка, а мне вдруг становится очень больно и как-то горячо. Так больно, что я вдруг сразу оказываюсь в руках сестрёнки. Она меня с трудом успокаивает, потому что я вся дрожу от страха. Но сестрёнка гладит меня по голове, а я рассказываю, что случилось. Услышав, что папочка что-то пил из бутылочки, сестрёнка всхлипывает и прижимает меня к себе.

— Давай ты пока тут посидишь, поиграешь, а я вместо тебя буду? — предлагает сестрёночка. — Если там больно или страшно, я и не такое терпела, а тебе вредно. Как только всё станет хорошо, обратно поменяемся!

Я задумываюсь... Сестрёночка хочет меня защитить от боли или от чего-то грустного. Это не очень честно, но ведь она сама хочет. А пока она будет там, я поиграю и посижу в своей комнате. Здесь у меня всё знакомое, поэтому страшно не будет. Заодно и проверю, можно ли уснуть во сне. Я соглашаюсь, а старшая Машенька берёт меня на ручки, относит в кроватку и гладит. Она обещает, что я тут совсем немножко поживу, пока не перестанет быть страшно, поэтому я просто киваю. И целую её на прощанье, потому что моя сестрёнка — герой.

УДАР СУДЬБЫ

СТАРШАЯ

Маленькая моя... Машенька мне за год подарила больше тепла и радости, чем я получила за всю свою жизнь. Хорошо, что она соглашается поменяться, потому что её родители — очень нехорошее слово. Один выпил за рулём, вторая принялась его отвлекать. Вершина интеллекта! Номинанты премии Дарвина, как говорит дядя Серёжа. Правда, теперь они, скорее всего, трупы, а вот как переломало ребёнка, я ещё не знаю. Сейчас у меня будет возможность это узнать.

Что это такое — наши сны — я и не представляю, но сейчас отношу маленькую Машеньку в кровать, сажусь рядом с ней, чтобы погладить. Мне предстоит окунаться в боль, не иначе... Какие всё-таки сволочи взрослые! У них такая дочь — чудо просто, такая семья была! А они всё просрали, непонятно зачем! Чего этой дуре крашеной не хватало, ну чего? А придурку этому, который за рулём выпил? А теперь Машенька точно совсем одна! Потому что если с ней что, то все знакомые и друзья резко пропадут, а то я людей не знаю. А раз так, то будет детский дом, который ей совсем не нужен. Пусть лучше останется такой чистой и светлой. Для тварей у неё есть я. Вся жизнь моя — одни твари...

Я открываю глаза, меня подбрасывает и трясёт, боль запредельная. Под потолком знакомо ревёт сирена, чей-то голос уговаривает меня жить, но удержаться на плаву невозможно, поэтому я съезжаю обратно к сестрёнке. Больше всего больно было внизу, где ноги, при этом, учитывая боль и уговоры, всё не очень хорошо. Да и не могло быть что-то хорошо.

— Ты уже вернулась? — улыбается мне малышка. — А тут меньше минутки прошло!

— Нас в скорой помощи везут, — объясняю я ей. — Это скучно, поэтому я с тобой посижу. Давай поиграем?

— Давай! — ещё шире улыбается моя младшая сестрёнка.

Мы садимся играть, потому что сейчас мне нужно отвлечь малышку от её мыслей. Не надо ей сейчас думать, что случилось, не надо. Перевоспитала она меня... Нет, даже не так, скорей, показала, как бывает иначе. Несмотря на то что отец собирался предать этого ребёнка, а хахаль матери оказался человеком, в отличие от неё самой, эта малышка действительно показала мне, что бывает иначе. И теперь, когда случилось непоправимое, я не хочу, всей душой не хочу, чтобы она погасла. А ведь если её покалечило, то впереди ждёт только ужас и кошмар, потому что калека в нашем мире не нужна никому, это я по себе знаю.

Пока играем, я пару раз пытаюсь проснуться, но понимаю, что не могу. Значит, надо ждать, мало ли что там происходит... Хотя, что тут думать? Понятно же, что происходит — оперируют ребёнка. Значит, шанс не остаться немощной у нас есть. Маленький шанс, конечно, потому что с верой в чудеса у меня плохо, я же не младшая моя.

— Это я виновата, — вдруг говорит она мне. — Надо было мамочке сказать, что папа пил из той бутылочки.

— Ты не виновата, — качаю я головой. — Твои папа и мама — взрослые люди, а ты — ребёнок, они сами принимают решения.

— А что теперь будет? — тихо спрашивает она.

— Теперь ты поживёшь тут, — мягко объясняю я ей. — А я побуду за тебя, а когда всё наладится, ты вернёшься. Так ты не будешь плакать и делать сердечку больно.

— А как же ты? — также негромко интересуется Машенька.

— А я ко многому привыкла, родная моя, — я обнимаю её, гладя по голове, как ей нравится.

— Ты настоящая геройка... героиня, — поправляется она. — Спасибо тебе!

На этом мы расстаёмся пока. Я открываю глаза в реальности, пытаясь понять, где нахожусь. Белые простыни, шипение в носу и писклявый голос кардиомонитора. Всё понятно, это реанимация. Ноги болят довольно сильно, но не нестерпимо. Дышится не очень, но не задыхаюсь. Рёбрам, судя по всему, тоже досталось. Но тут только время поможет, а вот ноги... Что с ногами? Пытаюсь пошевелить ими, но становится только больнее, отчего я громко всхлипываю. Забыла же, что тело детское, которое так не били...

— Очнулась? — слышу я ласковый голос.

Через мгновение надо мной появляется по-доброму улыбающееся лицо. Это женщина в зелёном костюме, она мне сразу даёт попить, из чего я делаю вывод, что это медсестра. Значит, за мной наблюдают, это хорошо. Если бы нет, то было бы странно, но здесь я не в своём прошлом теле, поэтому, получается, есть шанс на хорошее отношение.

— Больно, — сообщаю я ей. — А где мамочка?

— Сейчас доктор придёт, — всхлипывает она. — И всё расскажет, потерпи, хорошо?

В общем-то, по её всхлипу я всё понимаю. Судя по всему, оба родителя стали фаршем третьего сорта, а я теперь — совсем одна. Дед Машеньку не любит, так что если и заберёт, то только затем, чтобы издеваться, знаю я таких людей. Крёстные... Мы о них ничего, кроме имён, не знаем, то есть совсем ничего. Ну и тут есть ещё одна плохая новость — мы не дома, не в родном городе, а на курорте или поблизости от него. Отправлять домой нас точно никто не будет, значит, будет детский дом... Не надо Машеньке такого опыта... А вот и врач.

— А вот тут у нас лежит чудом выжившая Машенька, — сообщает медсестра, на что доктор, насколько я вижу, кивает. Это пожилой мужчина, весь седой и в очках, костюм того же цвета, и... и пока всё, что я вижу.

— И что у нас по Машеньке? — интересуется кто-то.

— Дорожно-транспортное происшествие, раздроблены

ноги, сломано ребро, — коротко объясняет, по-видимому, мой врач. — Высокая ампутация обеих ног, примерно... вот так. Ребро оперировано, так что...

— Родственников нет? — спрашивает тот же голос.

— Ищем, — коротко отвечает доктор. — Точнее, блюстители порядка наши ищут. Так что рано или поздно узнаем.

Мне всё понятно, правда, слово «ампутация» знакомо только смутно, но по описанию я понимаю, что ноги мне отрезали. Теперь я опять то самое слово, и всё хорошее в жизни закончилось. Хотя есть шанс, как в прошлой жизни... Но до декабря надо ещё дожить, потому что сейчас у нас август. Интересно, вспомнит ли Машеньку хоть кто-нибудь?

Я не верю в то, что меня кто-то рискнёт забрать, как и в то, что ребёнка пожалеют. Люди добро не помнят, поэтому надеяться на то, что они хоть что-то хорошее сделают, нельзя. Тем не менее я называю фамилию, домашний адрес, рассказываю о дедушке и крёстных. Дядя доктор всё записывает, кивает и обещает передать, куда положено. Но я не верю в то, что хоть кто-то отзовётся, разве что дядя Серёжа мог бы, но я о нём не знаю ничего, кроме имени и того, что он живёт аж в Германии. Найти его невозможно, да и вряд ли будут искать...

Как мне рассказать этому маленькому чуду, что мамы и папы больше не будет? Как? Где найти такие слова? Как ей рассказать, что она больше не сможет бегать и прыгать, что теперь она навсегда прикована к коляске, а вокруг злые, жестокие люди? Я не знаю, как это сказать, поэтому только плачу. Я плачу и обнимаю девочку, оставшуюся совсем одинокой на всём белом свете, как когда-то была я...

— Мамочка и папочка... — понимает она, начиная плакать вместе со мной.

— Они... Они... — у меня не поворачивается язык сказать это даже во сне.

Врачи стараются держать меня во сне, чтобы я легче перенесла крушение всей моей жизни, поэтому я много сижу с Машенькой. Она очень умная девочка, настоящее волшебное чудо, осиротевшее по глупости своих взрослых. Моя маленькая сестрёнка, я ни за что не позволю издеваться над тобой, ни за что!

— Ты права была, — всхлипывает Машенька, доплакав. — Я лучше здесь побуду, если... если можно.

— Нужно так, маленькая, — я держу её на руках, чуть-чуть покачивая.

Кажется, я обрела смысл своего существования. Защитить это чудо, защитить от людской жестокости, от брезгливости, от боли... Маленькая моя всё уже поняла, но цепляется за меня, поэтому мы всё сможем. Я уже всё решила, потому нам нужно выжить полгода. Я выживу, бывало и хуже.

Стоит проснуться, начинаются процедуры — врачи контролируют заживление, ещё что-то делают, а затем происходит то, что малышку бы просто уничтожило, но я давно жду именно такой людской реакции, поэтому даже не удивляюсь. В палату заходит... дедушка. Он смотрит на меня с уже знакомым мне выражением лица. Знакомым по прошлой жизни, правда, но я знаю это выражение...

— Нет, вы ошиблись, — усмехаясь мне прямо в лицо, говорит дедушка. — Я не знаю эту девочку.

— Ну вы и подлец... — вздыхает медсестра, она-то как раз всё поняла.

— Да я вас! — выкрикивает чужой уже мне человек.

Но его выводят и, судя по доносящимся до меня крикам, вызывают полицию. Но мне всё равно, потому что старик показал мне именно то, чего я ожидала. А та тётя, которая медсестра, садится рядом со мной и просто обнимает. И я плачу, конечно, потому что тело реагирует по-своему. Но малышку бы это уничтожило, потому что вот такого предательства мне не понять никогда. Я была очень плохим человеком, просто отвратительным, и заслужила свою судьбу, а Машенька всего этого не заслужила!

Ожидаемо не находят и тётю Таисию, правда, скорее всего, её и не ищут. Но я держусь, потому что я же этого ожидала. Надеяться на то, что дядю Серёжу найдут до того, как наступит декабрь, глупо. В этом мире всё решают деньги, Васькин папаша мне это очень хорошо показал, так что, скорее всего, старик просто отожмёт квартиру и выкинет всё, что принадлежало... в том числе и Машеньке. Интересно, от её рюкзака что-нибудь осталось? Надо будет спросить, но позже, сейчас надо выяснить, куда меня.

— Что со мной будет? — спрашиваю я медсестру.

— Интернат будет, — вздыхает она. — Детский дом для...

— ...калек, — жёстко заканчиваю я за неё. — От меня все отказались?

— Кого нашли, — уклончиво отвечает она. — Но тебе оплатили хороший интернат, так что совсем одна не будешь.

Кто оплатил, я не знаю, да и не хочу знать. Мало ли кто это мог быть... Я киваю, а медсестра рассказывает, что в моём родном городе дали объявление по телевизору, но никто не отозвался, только позвонили от какого-то важного человека и оплатили «хороший» интернат. Что это значит, я не понимаю, не было у меня такого опыта, но выбора нет, поэтому буду ждать и смотреть, какие грабли и где разложила для меня жизнь. А пока меня лечат, потому что это тоже было оплачено, как и специальная коляска, не самая дешёвая, между прочим. Услышав об этом, я заинтересовываюсь, но тётя медсестра сама не знает, кто это, поэтому я остаюсь со своим любопытством.

Спустя почти месяц я получаю ответ на свой вопрос. Меня должны со дня на день выписать, что вызывает известный страх, поэтому я немного нервничаю — насколько позволяют лекарства нервничать. И вот где-то после обеда в палату входит тот, кого Машенька называла страшным чёрным колдуном. Я не пугаюсь его, а он подходит ко мне, присаживается на корточки и грустно смотрит в глаза.

— Здравствуй, малышка, — печальным голосом говорит он мне. — Я страшный колдун, помнишь меня?

— Помню, — киваю я, решив пошутить: — Вы пришли меня съесть?

— Нет, маленькая, — качает он головой. — Я извиниться пришёл. Прости, не могу тебя взять к себе, я постоянно в разъездах, поэтому тебя мне не отдадут.

— Я понимаю, — киваю я, потому что он же совсем посторонний дядя, но теперь я понимаю, кто мне всё это оплатил.

Я понимаю... И не понимаю! Почему чужой человек чувствует себя обязанным мне помочь, а не родной дед, коромыслом его... И не крестная... Тётя Таисия не могла не видеть объявления! Все друзья и подруги родителей... Впрочем, чему я удивляюсь? Наверное, этот дядя маму Машеньки всё-таки любил, только из большой любви можно потратить такую прорву денег на совершенно чужого ребёнка. Но именно он показывает мне, что не все люди твари. И, пожалуй, это даёт мне надежду на то, что у меня всё получится.

Выписывают меня на следующий день. Я уже вполне освоилась в коляске, она действительно очень удобна, а вот перевернуть её не так просто, спасибо «колдуну». Но мало того, сейчас за мной приедет транспорт из интерната и тётя Вера, которая меня теперь будет сопровождать. Это значит, что она будет помогать в интернате, в школе, если понадобится... Но она — не мама, о чём сразу же предупреждает. Хорошо, что я вместо Машеньки. Ей было бы от такого очень непросто. А мне-то что, у меня любящей мамы, считай, и не было никогда, поэтому я и киваю.

— Ты держись, малышка, — наставляет меня медсестра. — Если бы мне позволили, я бы тебя взяла...

Вот это меня уже действительно шокирует. Медсестра была готова взять... такую, как я? Без принуждения, просто взять к себе, дарить тепло и утешать? Я в каком-то странном мире, как мне кажется. Ничем не обязанный дядя выкладывает огромную сумму денег, медсестра готова взять... Что будет дальше? Пожалуй, меня это известие выбивает из равновесия, поэтому я плачу и обнимаю её, благодаря. И что самое странное, эта женщина понимает меня. Она понимает, выдаёт мне свой номер телефона, предлагая звонить... Какое-то чудесное чудо, необъяснимое просто.

Тут появляется тётя Вера, значит, мне пора ехать в мою новую жизнь.

ИНТЕРНАТ

СТАРШАЯ

Везут меня в другой какой-то город. Сначала грузят прямо в коляске в чёрный микроавтобус с наглухо затонированными стёклами, фиксируют внутри, а потом он медленно отъезжает от больницы — от места, где я встретилась с людьми. С теми, кто понимает, что ребёнку нужно хоть немного ласки... Здесь не звери... Посмотрим, что будет дальше.

Смотреть в окно у меня желания нет, поэтому я откидываюсь на спинку и ухожу к сестрёнке. Она меня заждалась уже, поди, хотя медсестру и колдуна я ей показала, но поняла ли она? Вот сейчас и узнаю. Очень важно, чтобы Машенька поняла, что произошло, потому что это опыт, это очень важный для неё опыт.

— Сестрё-е-енка! — радуется мне малышка. — Расскажи, что это было, а то я ничего не поняла!

Так я и думала. Улыбаюсь ей, усаживаюсь рядом и начинаю рассказывать и объяснять, что именно случилось и почему это очень важно. Сестрёнка внимательно слушает, а потом качает головой, как будто не согласна. Меня интересует, как она себе это объясняет, поэтому я замолкаю, а она раздумывает ещё несколько мгновений, и...

— Да нет, не так всё было! — улыбается моя маленькая. — Смотри, мамочка и папочка ушли на небо, правильно?

Я киваю, потому что это объяснение мне кажется самым простым, да и принять его легче такой малышке.

— Ну вот, — продолжает она. — Они там будут любиться и делать себе другую Машеньку, потому что я же сразу согласилась, чтобы страшный чёрный колдун меня скушал. Но он, наверное, быстро наелся, поэтому не стал меня доедать, а дал денежек, чтобы я выросла и стала больше. Тогда он будет приходить и кушать меня, наверное. Я согласна, ты не думай, ведь главное же, что мамочка и папочка радуются, сидя на облачке...

Господи, маленькая моя... Как же она себе всё объясняет так, что не поспоришь... И ведь она готова принести себя в жертву, только бы эти двое дебилов были счастливы. Интересно, они теперь счастливы от сотворённого? Они довольны тем, что маленький невинный ребёнок готов умереть, чтобы они были счастливы? Как они вообще посмели с ней такое сделать? Как?!

Я гляжу всё-всё объяснившую себе Машеньку и просто не представляю, что будет дальше. Не пущу её в тот страшный мир, не пущу! Пусть остаётся маленьким ангелочком, раз родители её... Может быть, у меня получится, и тогда дядя Серёжа отогреет ангелочка? Но для того, чтобы попробовать, нужно дожить до декабря, а сейчас у нас середина сентября, как оказалось. Ну, это логично, заживление тянулось долго, да и сердце себя не очень хорошо ведёт, что тоже логично.

Распрощавшись с усевшейся играть с куклой Машенькой, я возвращаюсь. Я открываю глаза, чтобы увидеть вокруг сравнительно большой город. Больше того, в котором меня лечили, точно больше. Он уже не у самого моря, но это и неважно, потому что море у меня теперь под большим вопросом. Но пока мне не до этого, потому что перед микроавтобусом открываются ворота, пропуская его на территорию моей новой... тюрьмы. Буду честной — раз отсюда мне некуда идти, раз меня не спрашивают, раз я отделена от внешнего мира — значит, это тюрьма, как её ни назови. И вот в такое место отпустить привыкшую к тёплым ласковым рукам малышку? Да ни за что!

— Мы приехали, — сообщает мне тётя Вера. — Сейчас мы поднимемся на второй этаж, где ты теперь будешь жить. Все вещи, которые удалось найти, уже перевезены туда, об остальном позаботится интернат.

— Хорошо, — киваю я, понимая, что от меня не зависит ничего.

Меня аккуратно вывозят из машины, при этом водителя отпускают до понедельника. Так я понимаю, что сегодня суббота. Значит, у меня есть два дня, чтобы освоиться, это хорошо. В школе я училась, и, хотя в Машенькиной памяти не может быть материала начальной школы, я почему-то всё помню. Наверное, это подарок от Деда Мороза, спасибо ему, хоть отстающей не буду.

Интересно, гнобить будут? Хотя второй класс всего, могут и нет... Да и Вера говорит, что сопровождать будет, хоть в туалет спокойно сходить поможет. Ладно, куда мы двигаемся? Небольшой дом, раскрашенный весёленькими цветами, навевает грусть, хорошо, что его Машенька не видит. Я особо по сторонам не оглядываюсь, мне это просто неинтересно пока. Вход, конторка с вахтёршей, я здороваюсь, мне в ответ фальшиво улыбаются. Лифт на мой этаж... Такой, чтобы я и сама могла дотянуться. Недлинный коридор с прорезиненной ковровой дорожкой, понятно зачем... Обычная деревянная дверь направо. Табличка с моими именем и фамилией.

Дверь открывается, сразу можно увидеть небольшую прихожую, открытую дверь в санузел, шкаф, кровать, две тумбочки, телевизор и стол. Довольно богато обставленная однокомнатная квартира, как для сироты. Даже небольшая кухня есть с холодильником и микроволновкой. Действительно, хороший интернат, получается. Особенно для сироты, от которой отказались все, кроме бывшего любовника мамы. Подумать только... Из всех друзей, родственников, близких человеком оказался только совсем чужой дядя...

Ладно, посмотрим, что и как будет. Тётя Вера объясняет, что и где находится. Вещи, ожидаемо, только те, которые Машенька брала с собой на море, что случилось с остальными, женщина не уточняет, но я и так всё понимаю. Дедок этот постарался, не иначе. Ладно, отольются кошке мышкины слёзы, рано или поздно карма его догонит. Не в этой жизни, так в следующей, я в это очень верю.

— Осваивайся, — произносит тётя Вера, показав мне, как правильно ходить в туалет и принимать душ. — Если что-то нужно, вот кнопка, нажмёшь.

Она прощается и уходит, я же остаюсь одна в комнате. Хочется сплюнуть, но это бессмысленно... Вот сколько надо мозгов, чтобы восьмилетнюю девочку, вырванную из своего мира, лишившуюся всего знакомого и привычного, просто взять и оставить в одиночестве? Вот как бы я на месте младшей реагировала? Даже представить не могу... А они просто взяли — и: «Это твоя будка, отныне и навсегда».

Я прокатываюсь в коляске вдоль комнаты к самому окну и смотрю на улицу. Во дворе интерната дети играют в футбол прямо в колясках, но на них смотреть мне не хочется, мой взгляд устремлён за забор, где ездят машины, ходят люди и продолжается жизнь. Я знаю, что нам с Машенькой очень повезло, что нашёлся давший денег человек. Все могло быть гораздо, гораздо хуже, потому что...

— Если ты плачешь, то я бы, наверное, ревела постоянно, — грустно говорит мне сестрёнка. — Тебе спасибо, что мы поменялись, потому что тут у меня хотя бы ножки есть...

Осознание ударило мою маленькую. Осознание того, что мамочки и папочки больше нет, ну и ног, конечно... Судьба — такая жестокая дама, получается. Вот бы отдать мне все горести Машеньки, а у неё чтобы и дальше была счастливая жизнь... Но это невозможно, я понимаю. Именно в этот момент я слышу, будто что-то звенит в небе, хотя это, скорее всего, будильник. Поцеловав на прощанье Машеньку, я возвращаюсь в жестокий мир.

Поднявшись с кровати, переползаю в коляску, снимаю тормоз и отключаю будильник. Он звенит за час до выхода, этого часа мне должно хватить на помыться, одеться, причём как именно одеться, понять я должна сама, потому что с этим никто не поможет, — а откуда восьмилетний домашний ребёнок может знать, как правильно по погоде одеваться? Ещё одна жестокость, которая совсем никому не нужна. Причём эта Вера вряд ли даже понимает, насколько она жестока... Твари все люди, даже вроде бы хорошие — всё равно твари.

Я выезжаю на кухню, решив позавтракать йогуртом, потому что в школе завтрак имеется. Надеюсь, школьный завтрак не мяукал ещё вчера. В отличие от маленького ангелочка, я-то вовсе не домашняя девочка, поэтому и могу правильно подобрать одежду, закрывая культи. Сине-красные обрубки вызывают желание плакать, но это желание я в себе давлю изо всех сил. Никто не увидит здесь моих слёз, никто.

Почистив зубы и умывшись, одеваюсь с учётом того, что желающих заглянуть под подол с непонятной целью — сколько угодно, но ведь ещё и холодно может быть.

Вопрос ещё, как я в туалет буду ходить в школе, тут-то унитаз есть, на который можно перепрыгнуть, а там? Вспоминая простое очко в полу, как в моей школе, тихо всхлипываю. Ну и что, что мне четырнадцать! Я всё равно ребёнок ещё, и мне точно так же, как и всем, нужны объятия, ласка, тепло... Всё то, чего у меня никогда до Машеньки не было и теперь уже не будет. Ладно, что разнюнилась!

Прикрикнув на себя, одеваюсь окончательно, а затем, прихватив простой школьный портфель, в который уже сложены учебники и тетрадки, я выезжаю из «квартиры». Она тут не запирается, поэтому о безопасности остаётся только мечтать. Сегодня я иду... еду во второй класс, хоть и отлично знаю всё, что мы там будем учить. Значит, можно не сосредотачиваться на учёбе, а обращать внимание на происходящее. Волосы у меня в аварии обгорели, потому сейчас только каре, едва прикрывающее уши, что тоже хорошо, потому что схватить нельзя.

Заехав в лифт, я нажимаю кнопку, обведённую зелёным. Было бы мне лет пятнадцать, да хоть двенадцать, всё можно было бы объяснить, но мне здесь восемь! Что умеет делать ребёнок в восемь? Вот то-то и оно...

Нужно брать себя в руки, в школе возможны провокации, ненависть, желание сделать больно, уязвить, потому что дети копируют родителей, а родители — твари. Я уже видела несколько исключений, но они лишь подтверждают правило, поэтому в чудеса я не верю. Спускаюсь вниз, где уже стоит поглядывающая на часы тётя Вера. Увидев меня, она улыбается. Лишь глядя на неё, я понимаю, что такое «дежурная улыбка». Действительно, улыбка есть, а тепла в ней совсем нет.

— Уже готова? — задаёт риторический вопрос сопровождающая. — Садись в машину.

— Я одна еду? — удивляюсь я пустоте микроавтобуса.

— Уже да, — кивает тётя Вера. — Была ещё одна девочка, но она принять себя не смогла. А ты хорошо держишься, молодец.

Даже знать не хочу, что это значит. Ребёнок мог погибнуть или же сойти с ума. От такой «заботы» что угодно произойти могло... Это я постарше, потому понимаю, а младшая просто не выдержала бы, стала бы такой, как Карина. Больно осознавать, какой гадкой я была в прошлом, лишив девчонку последней памяти, избив... Зачем мне это было нужно? Сейчас я не знаю ответа на этот вопрос, совсем не знаю...

Микроавтобус трогается, а я задумываюсь. Скорее всего, я живу в областном центре, это хорошо. Чем школы для таких, как я, отличаются от обычных, не знаю, так что мы с Машенькой тут в одинаковом положении. Вздохнув, я начинаю расспрашивать сопровождающую о том, что можно, что нельзя и куда прятаться, если что. Я пользуюсь совсем не Машенькиным опытом, поэтому через два вопроса женщина поворачивается ко мне.

— Раз ты так хорошо понимаешь, то я тебе скажу коротко, — негромко произносит она. — На перемене, в туалете, в столовой тебе никто ничего сделать не сможет, пока ты рядом со мной, но бегать за тобой я не буду, это понятно?

— Спасибо, — киваю я ей, осознавая, что беззащитной являюсь только на уроке.

То есть в классе. Коляску не перевернут, в основном будут пытаться оскорбить, нащупывая слабые места, чтобы бить в них день за днём. Что же, эту игру я знаю, я и сама в неё играла, поэтому чётко осознаю, что и как надо делать. Сейчас я слабее многих, но от избиения защитит сопровождающая, а мне нужно не вестись на провокации. Разберёмся, значит...

Микроавтобус останавливается у приземистого трехэтажного здания. Меня вынимают из машины, и я еду ко входу рядом с чинно вышагивающей сопровождающей. Пандус я отсюда вижу, значит, ползать не придётся, потому что с них станется. Не верю я в людскую доброту, особенно в доброту тех, кто с детьми работает.

— Эй, стой, где сменка! — пытается меня остановить какой-то парень, навскидку лет четырнадцати.

— Там же, где мои ноги, — спокойно отвечаю я ему, но он пытается меня отпихнуть.

— Немедленно прекратите! — голос тёти Веры такой, что пугает даже меня, а блюститель местный в страхе отскакивает. Пожалуй, это демонстрация, согласна.

Внутри обнаруживаются пандусы, лифтов нет, но начальная школа расположена на первом этаже, так что не проблема. Тётя Вера ведёт меня явно не в класс, что и так понятно. Сначала завуч или училка, потом знакомство с классом. Я осматриваюсь, фиксируя серые безрадостные коридоры, украшенные детскими вымученными рисунками, и понимаю: хорошо, если порядки не тюремные. То есть нет смотрящих, законников и прочей структуры, слизанной с воровского общества. Так мы доходим до двери, на которой висит ожидаемая мной табличка. Надо приготовиться, сейчас будут пугать и доводить до слёз. Первые провокации будут именно в этом кабинете. Ну что же, я готова, а вы, твари?

КОРРЕКЦИОННАЯ ШКОЛА

СТАРШАЯ

Вспоминая рыбьи глаза завуча, я понимаю — она привыкла видеть страх и слёзы детей. Поэтому, не получив привычного, зато узнав, что у меня есть сопровождение, тварь сделала вид, что она мне очень рада, но я понимаю — нужно быть осторожной. Опасность здесь с любой стороны, а я — никто и звать никак. Восьмилетний никому не нужный ребёнок. Хорошо, что Машенька этого не видит...

Меня ведут в класс... Вера на прощание тихо мне желает не бояться. Всё она отлично понимает, тут трудно было бы не понять. Надеюсь, что хоть какие-то возможности у неё есть, и защитить она меня сумеет. С другой стороны, именно убивать меня не будут, а при испуге... Это, кстати, можно использовать. Как крайний вариант, но такое использовать можно.

Господи, кто бы знал, как я хочу оказаться с Машенькой где-то на необитаемом острове! Чтобы не было людей, и только мы с ней... Устаю я, как-то слишком быстро устаю от этого мира, оказывается. Но мне нельзя, потому что передо мной открывается дверь и предстаёт класс. Ну, как класс? Классик — человек пятнадцать, причём не все в колясках, значит, есть и психические, надо это учитывать.

Меня представляют, что интереса ни у кого не вызывает. Этому можно было бы порадоваться, но нам по восемь! Такого просто не может быть! Даже я понимаю, что дети в восемь лет не могут быть такими апатичными! Что происходит? Что с ними сделали и что сделают со мной? Нет ответа на этот вопрос, но и выбора у меня нет. Господи, если ты есть, помоги мне дожить до декабря!

Мне показывают место рядом с другой девочкой, смотрящей прямо перед собой, как... как Карина. Она будто выключена и ни на что не реагирует. А ведь если бы не было меня, такой могла стать и Машенька! От этой мысли становится больно в груди, но я делаю несколько глубоких вдохов, и это ощущение проходит. По-видимому, произошедшее не остаётся без внимания — ко мне подходит учительница.

— Не надо пугаться, Машенька, — мягко говорит она. — Все детки здесь... утратили родителей, не все это могут пережить. Ты, я вижу, справляешься, ты просто большая молодец.

Я киваю в ответ, потому что вижу в её глазах искреннее сочувствие. Ей, наверное, тяжело находиться здесь, среди детей, молчаливо кричащих где-то внутри себя. Я ещё раз оглядываю класс и понимаю — не будут здесь меня травить.

Некому тут просто, больше половины детей будто умерли внутренне. За что их так, почему не помогают? Это бессмысленный вопрос, я понимаю, но жалко их, конечно.

Начинается урок, в течение которого я вижу, что учительница просто пытается хоть чего-то добиться от учеников, но, кроме меня, ей не отвечает никто. Вообще никто не отвечает, как будто и нет их здесь. Теперь мне ещё и учительницу жалко, но себя жальче, конечно. Особенно, когда звенит звонок на перемену, потому что она садится рядом и начинает рассказывать мне.

В класс входит тётя Вера и видит учительницу, рассказывающую мне о каждом ребёнке, неподвижно сидящем сейчас в классе. Они почти не шевелятся и совсем ни на что не реагируют. Как они попали в класс? Наверное, тоже сопровождающие есть. Здесь учиться будет тяжело... Совсем не потому, о чём я думала сначала, а просто я здесь как среди умерших нахожусь. Просто жутко становится, потому что пятнадцать Карин... Не знаю, как это выдержать, просто не знаю.

— Но должны же быть психологи? — интересуюсь я. — Психиатры, наконец.

— Должны быть, — кивает учительница, а тётя Вера только вздыхает.

— Вы хотите сказать... — от своей догадки я просто замираю, не в силах её озвучить, и тут моя сопровождающая озвучивает то, что я знаю и так.

— Тебе повезло, — коротко отвечает она мне. — Ты справилась сама.

— Я поняла, — киваю ей в ответ.

Я действительно всё понимаю. Не будь меня и упади всё это на Машеньку, никто бы особо разбираться не стал — посадили бы на таблетки, объявив помешанной, на чём бы вся терапия и закончилась. Сироты же, кому до них есть дело? Особенно, если нет денег и богатого дяденьки за спиной. Всё я отлично понимаю, ведь на самом деле мне не восемь, и я далеко не домашний ребёнок. Я всех взрослых вертела на том, чего у меня нет, а за спиной у меня ребёнок, настоящий ангел, которого я вам не отдам.

Старательно накрутив себя, я уже не обращаю внимания на одноклассников, а просто правильно отвечаю учительнице, заставляя её улыбаться. Затем тётя Вера, внимательно поглядывая по сторонам, везёт меня в столовую. Точнее, она идёт рядом, показывая мне, где столовая. Я помню, мне тут нужно быть особенно осторожной, но сопровождающая внимательно следит за школьниками, когда нужно, резко останавливая других и демонстрируя тем самым мой статус. Это очень своевременно, потому что парочку злых взглядов я фиксирую.

Дойдя до раздачи, тётя Вера не мешает мне взять поднос, на котором обнаруживается школьный завтрак: хлеб, кубик масла, каша из комочков. Она-то манная, но, думаю, ни у кого сомнений нет... Вот и у меня нет, казённое же заведение, а не мамочкина кухня. Так что завтрак вполне адекватный, ну а то, что комочки, я переживу.

Какой-то неожиданно взрослой, по-моему, я становлюсь, хотя должно быть наоборот — тело-то детское. Но, наверное, причина в том, что у меня малышка за спиной. Наверное, в этом причина... Да.

Первый школьный день проходит вполне спокойно, но только когда меня везут домой, я начинаю понимать, почему все дети в классе так выглядят. Их просто собрали в одну толпу, при этом предполагалось, что я буду в аналогичном состоянии. То есть просто, чтобы не возиться, взяли и собрали. Поэтому все примерно одинаковые... Тогда меня должны перевести к более живым, но, насколько я понимаю, вряд ли будут это делать. Им проще так, а о детях здесь никто не думает.

Никогда не задумывалась о том, каково это, когда нет родителей... Карина, прости меня! Прости! Я плачу, но сопровождающая только кивает своим мыслям, а я плачу, потому что только здесь полностью понимаю, что натворила. До конца понимаю, и от этого так больно вдруг делается, так тоскливо, так... Я вдруг оказываюсь в объятиях сестрёнки, но плакать продолжаю. А она обнимает меня, гладя по голове так, как я её гладила совсем недавно.

— Так плохо? — тихо спрашивает меня Машенька.

— Плохо, но не так, — качаю я головой. — Просто я поняла, какой была...

— Ты за это уже заплатила и больше не бяка, — отвечает мне этот маленький ангел. — Ты очень хорошая... Если бы не ты...

И мы плачем вместе... Сидя на кровати, которой нет, мы обнимаемся и плачем навзрыд.

На моё счастье, как не принимать таблетки, я знаю, поэтому назначенные препараты регулярно отправляются в унитаз. Доктора даже не дали себе труда посмотреть сердце, просто назначили те самые лекарства, от которых дети становятся будто мёртвыми. Но я не дура и всё поняла. Сопровождающая — холодная, как камень, просто кусок гранита рядом со мной... Если бы не Машенька, я бы сломалась, потому что это просто невозможно — жить среди такого равнодушия и холодности.

Как-то незаметно заканчивается сентябрь, за ним октябрь, и вот наступает ноябрь. Холодно, сыро, дожди... Культи отдают болью на каждое движение, на каждое изменение погоды, иногда очень сильно, но даже пожаловаться некому. Один-единственный раз я пробую, но сразу же понимаю, что это просто бессмысленно.

— Тебе это кажется, там нечему болеть, — равнодушно отвечает тётя Вера, вызывая у меня желание плакать, но я держусь.

Я держусь и мечтаю о том дне, когда смогу её уничтожить. Не убить, нет, а морально уничтожить эту равнодушную холодную змею! Какие же твари взрослые! Твари! Твари! Грязные, противные, холодные! Я опять плачу... В последнее время я много плачу, а до декабря ещё целый месяц. Как прожить этот месяц, как его перенести, как?

Нет на это ответа... А у себя в комнате я долго раздумываю над тем, как утеплиться так, чтобы не было больно. Хорошо, что я более-менее взрослая, Машенька бы просто плакала не переставая. Она и так часто плачет вместе со мной, но хотя бы не варится в этом всём, а я ей показываю те редкие хорошие книги и фильмы, виденные мною в той жизни, когда я ещё была не самой лучшей девочкой.

Как это работает, я не знаю, но работает же! А ещё оказывается, что можно заморозить то место, где Машенька живёт, и тогда для неё не будет проходить время... Она не будет совсем одна. Вот в этот раз, уходя, я пробую так сделать, вечером узнаем, получилось ли. Если получится, то у меня есть шанс сделать так, чтобы малышка не плакала. Ну а если нет, то буду ей задания давать и учить, как в школе.

Хоть чем-нибудь займётся, не будет так скучать, не будет и плакать... Наше тепло — только мы вдвоём. Внешнего тепла нет никакого, совсем, как будто взрослые и не понимают, насколько это нужно детям. Или же понимают, но хотят таким способом просто уменьшить поголовье нас, калек? Смерть вослед депрессии никого не удивит... Значит, надо просто вогнать в депрессию, пока человек не расхочет жить? Нет, такого не может быть! Не могут же люди быть настолько жестоки! Или... могут?

Могут ли люди желать мучить детей? Но тогда... Тогда нужно дотянуть, любой ценой дотянуть, потому что я согласна на любую цену! Совсем на любую, лишь бы жила эта малышка! Лишь бы она улыбалась, пусть в коляске, но улыбалась, как раньше! Я всё-всё для этого сделаю...

Опять школа, где на меня уже и не пробуют напасть — привыкли к сопровождающей. Учительница у нас хорошая, только уставшая, а с другими я не общаюсь, хоть и здороваюсь с каждым встреченным взрослым. Просто на всякий случай здороваюсь, потому что, как они могут отомстить за непочтительность, я узнавать не хочу. Хотя детей здесь вроде бы не бьют, не вижу характерных признаков.

Уроки сливаются в серую пелену, потому что для меня ничего нового в них нет, а одноклассники... Стоп, а где девочка, которая сидела рядом со мной? И ещё двоих мальчиков я не вижу. Вариантов два — или перевели в другой класс, или понятно куда. Причём что-то мне подсказывает, что верен именно второй вариант. Вот спрошу учительницу, посмотрим, что ответит. И, главное, как ответит...

За эти месяцы я полностью разочаровываюсь в людях. Мне кажется иногда, что настолько гадкой, как они, даже я не была в худшие свои годы. Всё-таки била я девок своего возраста, а не малышей, и теоретически они могли мне ответить. Вот как Карина — просто ударить в ответ. А тут жестокость по отношению к тем, кто ответить совершенно точно не может, да и лучше бы уж били, потому что такая холодность — это за гранью добра и зла. Ну, по-моему... Я не великий эксперт, поэтому только как понимаю...

Школа... В принципе, получается, жить можно. Если не обращать внимания на серость класса, на забитость других, на постоянное чувство опасности, жить можно. Ну и аккуратнее быть с завтраком, а лучше вообще обходиться бутербродом, потому что вкусовые качества каши... Помолчу, чтобы не сказать так, как оно этого заслуживает.

— А где моя соседка? — интересуюсь я. — Заболела?

— Да, — с готовностью хватается за подсказку училка, совсем на меня не глядя. — Очень сильно и тяжело заболела.

Угу, знаем мы эту болезнь. «Смерть» называется, или

«психушка», что для девочки, по-моему, уже всё равно. Но, скорее всего, она умерла, тем более что училка явно врёт. Интересно, зачем? Чтобы «не пугать», или ей явно запретили? Могли ей запретить это говорить? Не знаю... Кажется, после пережитого мне во всём заговор видится. Тем не менее, если учительница солгала, значит, мои мысли верны, а судьба Машеньки планируется ровно такой же — смерть от тоски. Только вот просчитались эти гады, просчитались, твари, Машенька от них надёжно защищена, а вместо неё — я. И была я когда-то такой же тварью, как они, так что все уловки гадские насквозь вижу.

Школьный день пролетает быстро, контрольные тут — как для идиотов, но, в общем-то, оно и понятно, почему так. Если они себе поставили цель уморить максимальное количество детей, то и учить их чему-то смысла нет. По-моему, вполне логично получается. Пока что всё, что я вижу, говорит именно за эту версию. Интересно, подталкивать на тот свет будут или просто подождут? А если будут, то меня как?

Нужно подождать и посмотреть, как будут пытаться, хотя есть надежда... Но сла-а-абенькая. Не верю я в то, что среди этих тварей остались люди. Вот не верю, и всё.

И тут же в конце урока моя версия получает ещё одно подтверждение. Она мгновенно разочаровывает меня в нашей училке, она объясняет всё. Игравшая всё это время добренькую, эта гадина подходит ко мне и так тихо-тихо, с фальшивым участием в голосе спрашивает:

— Ты очень скучаешь по родителям? — фальшивая грусть на морде твари. — Хотела бы оказаться с ними?

— Что вы, — улыбаюсь я, чтобы не радовать гадину. — Я их и не помню совсем.

Промелькнувшая злость в глазах лишь подтверждает то, о чём я думала. Какие они здесь все твари, Господи! Ладно, я была плохим человеком, но малыши — они-то что тебе сделали? Их за что?!

ДЕД МОРОЗ И ШАНС

СТАРШАЯ

И тут до меня доходит: если у меня получится, малышка же одна останется! Значит, нужно её научить самообслуживаться. О ней-то позаботятся, но научить нужно, кто знает. Мне себя не жалко совсем, за это время для меня главной стала эта малышка. Она стала, наверное, смыслом моей жизни, поэтому я легко пойду на то, что задумала. Лишь бы она жила, лишь бы улыбалась, лишь бы была счастлива.

— Смотри, как пересаживаться нужно, — показываю я ей. — А то нечестно же будет, если только я это уметь буду?

— Да-а-а-а! Я тоже хочу уметь! — подхватывает мою игру Машенька. — А кататься как правильно?

Мы меняемся местами, и я ей подсказываю, уча делать всё, что умею уже сама. Мне очень надо её подготовить... Вот только как подготовить к тому, что не будет меня, я не знаю. Может быть, дядя Серёжа сможет отогреть? Да, я задумала обратиться к Деду Морозу и обменять меня на... Ну, заплатить мной, чтобы малышка обрела семью. Я очень надеюсь на то, что у меня получится, потому что иначе шансов выжить у нас нет. Эти твари рано или поздно найдут, чем нас достать.

Мне очень важно сделать так, чтобы малышка могла жить и улыбаться. Очень важно, потому что других вариантов я просто не вижу. Поэтому готовлю её, ну и медленно подвожу к мысли, что однажды меня может не стать. Машеньке пока нравится то, чем мы занимаемся, а я боюсь сказать прямо. Малодушно это, я понимаю, но лучше так... Трудно мне на самом деле, просто очень трудно. Да и ей нелегко, ведь нас за эти месяцы никто даже для проформы не обнял, а хочется так, что слёзы из глаз.

Я тяжело вздыхаю. Хотя у меня и получилось заморозить время, но Машенька потихоньку грустнеет, и я понимаю почему. Да кто угодно поймёт почему, это не сюрприз. Именно поэтому я и знаю, что времени у нас не так много, потому что рано или поздно Машенька захочет уйти. Она ангел же, совсем нежное создание и к нашему миру совсем не приспособлена. Дай Бог, чтобы дядя Серёжа оказался человеком, и моя жертва не была напрасной. Потому что если он малышку не примет...

Может быть, зря я это затеваю? Что, если крёстный окажется такой же тварью? Тогда этот обмен смысла иметь не будет... Совсем не будет! Жаль, что я в бога почти что и не верю... Даже помолиться некому, а спросить — тем более.

Солнышко моё уверена, что крестный не бросит, а вот уверена ли я? Не знаю.

В один прекрасный день сопровождающая извещает меня о том, что мы едем в город на ёлку. Может ли так получиться, что Дед Мороз на этой ёлке окажется настоящим? Ну, не актёром, а тем самым, который мне выбор предлагал? Ну, если учитывать некоторое волшебство, то, наверное, можно на это рассчитывать. Поэтому я быстро одеваюсь, привычно уже утеплив ноги, и через несколько минут готова.

— Поехали, — кивает тётя Вера, а я про себя молю Деда Мороза оказаться настоящим. Не для себя же прошу, мне для сестрёночки моей любимой!

Микроавтобус трогается, я же не нахожу себе места, ведь от того, получится или нет, зависит жизнь моей самой любимой сестрёнки. Единственной моей близкой, смысла моего существования... Микроавтобус едет, а я изо всех сил зову Деда Мороза. Ведь должно же малышке повезти! Она же ничего никому плохого не сделала! Ну пожалуйста!

Остановившись на парковке, водитель заглядывает мне в глаза и только вздыхает. Он помогает мне встать на колёса, а дальше я еду сама. Наверное, ему нельзя меня обнимать, потому что он же хотел, я видела. Но, видно, не судьба. Мы подъезжаем к ёлке, и тут мои руки просто опускаются — перед нами просто актёр. Это не настоящий Дед Мороз, значит, надо будет придумать, как пробраться в лес, потому что вариантов я не вижу. Но именно в этот момент всё вокруг замирает. И вместо актёра вдруг появляется он, да ещё и Снегурочка рядом... Значит, у меня получилось?

— Ты звала меня, Маша, — произносит Дед Мороз. — Что случилось? Хочешь ноги вернуть?

— Я хочу спросить... — тихо отвечаю я, понимая, что надо решаться.

— Спрашивай, дитя, — кивает он, улыбаясь.

— Можно ли найти Машенькиного крёстного? — спрашиваю я, тихо всхлипнув. — Она в этом холоде погибнет просто.

— Можно, — произносит Дед Мороз. — Но за всё положено платить, на что готова ты ради этого?

— На всё! — отвечаю ему, уверенно глядя в глаза. — Только разреши с сестрёнкой попрощаться!

— Прощайся, — кивает он, беря меня на руки. — Вот, видишь, внученька? Искупила она свою вину и сейчас приносит себя в жертву...

— Но дедушка! — успеваю я услышать, прежде чем обнять Машеньку.

Сейчас у меня очень тяжёлая задача — нужно рассказать Машеньке, что я сделала, и что меня больше не будет, зато будет крёстный. Стоит мне только начать, как она сразу же всё понимает и просто отчаянно ревёт, вцепившись в меня. Она плачет так горько и отчаянно, что я начинаю плакать вместе с ней, а затем мы обе видим Деда Мороза, при этом нас, будто наяву, обнимает Снегурочка. Впервые за эти месяцы нас обнимают, и от этого плачется ещё горше.

— Я не могу полностью сохранить вас, — не очень понятно говорит Дед Мороз. — Но я дам вам шанс. В тот миг, когда старшая Маша заплатит свою цену, я смещу время и пространство. Младшая узнает, как спасти старшую, а вот будет ли спасать, зависит от неё и её человека. Пусть это будет испытанием для вас всех.

— А награда, если выдержат? — интересуется Снегурочка, но её дедушка только улыбается. Ну, Новый Год же скоро, понятно, что секретом это будет...

— Я спасу сестрёнку! Я спасу! — выкрикивает младшая, совершенно не желая со мной расцепляться, но нас не спрашивают.

— Пора, — решает Дед Мороз, и всё изменяется.

Я будто вижу сцену со стороны. Дед Мороз снова преображается, он держит на руках потерянно оглядывающуюся Машеньку, уже готовую заплакать. Тётя Вера с интересом смотрит на происходящее, но никаких действий не предпринимает. Малышка моя, наконец, всё осознаёт, начиная всхлипывать, но заплакать ей не дают.

— Эй, гражданин! — зовёт кого-то Дед Мороз. — Вы никого не потеряли?

Тетя Вера отчетливо дёргается, а тот, кого позвали, резко разворачивается в сторону артиста — и тут видит Машеньку. Я же узнаю его — это дядя Серёжа. И вот он минуту, наверное, вглядывается, а потом просто срывается с места, так быстро подбежав, будто телепортировался к Деду Морозу.

— Маша! Машенька! Живая! — он почти выхватывает ребёнка у артиста, бережно прижимая к себе, а моя младшая визжит.

МЛАДШАЯ

Сестрёнка! Она... Она... Она... Она меня спасала все эти месяцы! Она меня собой укрыла, не давая мне даже увидеть того, отчего так горько плакала сама. И вот теперь она ради меня!.. Ради меня себя... себя... я... Я цепляюсь за неё, не согласная, чтобы её забирали, но девочка эта, Снегурочка, рассказывает, что Дедушка Мороз изменил время и про-стран-ство, не знаю, что это такое, но он сделал так, что сестрёнку можно теперь спасти! И тут я вижу папу Серёжу! Я визжу от радости и от боли одновременно.

— Машенька! Маленькая моя! Живая! — он почти плачет, я же вижу! Он обнимает меня так бережно, как только сестрёнка обнимала.

— Папа! Папочка, спаси! Спаси! Спаси! — я плачу, потому что там же сестрёнка умирает в снегу, я знаю, где.

— Оставьте ребёнка, — тётя Вера пытается подойти, но её останавливает какой-то незнакомый дядя, что-то объясняя, а папа Серёжа становится очень серьезным.

— Кого спасти, маленькая? — спрашивает он меня привычным мне спокойным тоном.

— Сестрёнку! Спаси! Её в лес увезли! В снег! Спаси! — я не понимаю и сама, что кричу, но вокруг вдруг становится многолюдно.

Наверное, я должна быть счастлива оттого, что папа Серёжа нашёлся, но я думаю только о сестрёнке, я так боюсь, что она умрёт! Папочка вытаскивает телефон и набирает какой-то номер, вокруг него какие-то дяди в полицейской форме, они очень внимательно слушают, что я кричу, и хмурятся.

— Ты знаешь, где она? — спрашивает меня папочка Серёжа. — Сашка! — зовет он кого-то. — Урегулируй с местными!

— Хорошо, — кивает дядя, разговаривающий с тётей Верой. — Работай спокойно.

— Мы так тебя искали, маленькая, — говорит мне дя... папа Серёжа. — Видишь, полиция искала, и я тоже, всё никак не могли найти... Что за сестрёнка? Где она?

— Она меня спасала всё это время, — хныкаю я. — Если бы не она... А её увезли... Спаси, папочка!

В этот момент рядом останавливается большая такая машина, и папа Серёжа просто прыгает внутрь со мной на руках, позабыв коляску, но я о ней сейчас не думаю. Мне кажется, что всё вокруг — это сон, в котором я могу спасти сестрёнку, поэтому я рассказываю папе Серёже, как её найти, потому что Снегурочка очень подробно мне объяснила. Машина, взревев мотором, куда-то едет, позади я слышу звук сирены, оглядываюсь и вижу полицейскую машину сзади, а дя... папа Серёжа рассказывает мне, что я пропала, меня никак не могли найти уже три месяца, даже с полицией. Что, наконец-то, он меня нашёл, а ножки — это не страшно, потому что меня всё равно любят. И я плачу, потому что он же обнимает, а меня так долго никто не обнимал.

Машина едет быстро, я вижу, как за окном мелькают деревья. Наверное, он хочет прямо на машине до сестрёнки доехать. Я так боюсь, что она умрёт! Пока мы едем, я расска-

СЕСТРЕНКА ИЗ СНА

зываю папочке... Ну, дядя Серёжа же мой крёстный папа, а папочка и мамочка на небо улетели, поэтому он теперь мой единственный папочка. И он согласен быть моим папочкой! Он сам так говорит! Поэтому я рассказываю ему про сестрёнку, а ещё о том, как было тяжело, и как она меня собой ото всех закрыла, чтобы я не плакала.

— Девочка, похоже, стала всем для твоей, — замечает какой-то дядя. — Но, судя по всему, тоже...

— Это логично, — кивает папочка, прижимая меня к себе и гладя. — Как тебе жилось, маленькая? — очень ласково спрашивает он меня.

— Если бы не сестрёнка, я бы умерла, — честно отвечаю ему. — А так — только мамочка и папочка ушли на небо, чтобы там себе другую Машу сделать, потому что меня кушал страшный чёрный колдун, который только ножки обкусал...

— Господи... — негромко произносит тот самый дядя. — Бедные дети...

— А с сестрёнкой тоже авария? — интересуется папочка.

— Нет, папа, она была бякой, но перестала быть, у неё что-то в спинке сломалось, и она не ходит, — начинаю я свой рассказ, слегка успокоившись. — Но какой-то злой дядя хочет её убить, и прямо сейчас...

Я опять плачу, а папа кому-то звонит и просит поддержку какую-то. Я и не знала, что он такой важный, что полиция его слушает, и ещё тут люди... Но это хорошо, мы найдём сестрёнку и опять будем все вместе, а потом пусть даже съедят, мне ради сестрёнки ничего-ничего не жалко. Я рассказываю об интернате, о школе, о том, что там умирают, потому что таблетки, но сестрёнка умеет их не кушать.

— Святая девочка, — хмыкает тот же дядя, покачав головой.

— Да, Кнопка бы не выжила, — кивает папочка, поглаживая меня по голове, а я тянусь за его рукой. — Звери какие вокруг... Ничего, малышка, всё закончилось.

В этот момент машина останавливается. Папочка выскакивает из машины, подхватив меня на руки, к нему подбегает кто-то в полицейской форме. Папа показывает рукой направление, ну, то же самое, и говорит, что там в лесу замерзает ребёнок, надо найти. Ему очень серьёзно кивают, и через несколько минут мы уже все бежим к лесу — туда, где, я чувствую, лежит моя сестрёнка.

Я изо всех сил тянусь к ней, папочка же прижимает меня к себе, чтобы я не упала. Кажется, он совсем не удивлён тем, что у меня нет ножек, а я сейчас хочу только обнять сестрёнку, и всё! Обнять и почувствовать её, снова услышать её голос, ведь она же меня столько раз спасала! Она меня от смерти, от грусти, от всего-всего спасала...

И вот мы бежим, а в какой-то момент папочка просто передаёт меня какому-то дяде, а сам бросается к лежащей без движения в снегу девочке. Это сестрёнка, я вижу! Я чувствую! Я тянусь к ней изо всех сил, но...

— Потерпи, маленькая, — говорит мне держащий меня дядя. — Сейчас твой папа спасёт твою сестрёнку.

И такая уверенность у него в голосе, что я сразу верю. Вот сразу раз — и верю в то, что папочка спасёт. Потому что

СЕСТРЕНКА ИЗ СНА

это же он! И она тоже! Она точно-точно будет жить, потому что она очень хорошая!

— Носилки, — спокойно командует папочка. — В мою машину прямо так, там разберёмся.

— Мы тут останемся, — сообщает полицейский. — Раз вы говорите, покушение на убийство...

— Отлично, — кивает папа Серёжа. — Тогда мы быстро поехали. У ребёнка переохлаждение, да и младшую осмотреть надо, не нравится мне что-то...

— Да что тут может понравиться, — вздыхает полицейский.

Уже в машине я падаю на сестрёнку, начиная её звать и гладить, а она просто обнимает меня рукой. И ещё по имени меня называет. Вот в этот самый момент я пытаюсь осознать, что случилось, но не успеваю, потому что резко засыпаю. Как будто внезапно выключили свет...

СПАСЕНИЕ

СТАРШАЯ

Вот и всё... Малышка обрела семью, теперь будет кому о ней заботиться, обнимать и утешать. Я сделала всё, что смогла, и готова теперь принять свою судьбу. Можно сказать, что я раскаялась в содеянном, но не это главное. Главное, что Машенька будет улыбаться. Главное, что теперь есть кому её согреть, потому что дядя Серёжа её точно не бросит, ведь он её так к себе прижал, как никто и никогда не прижимал к себе меня...

Интересно, правда ли насчёт ада, который я точно заслужила? Сковородки там, горячая смола... Даже если он есть, пусть. Меня будет утешать моя память, улыбка моей младшенькой, тепло её рук и наша дружба. Пусть хоть как будет больно, я справлюсь, потому что у меня была моя малышка.

— Ты искупила свою вину, — слышу я голос Деда Мороза. — А теперь мы узнаем, на что готовы ради тебя.

— Главное, что малышка будет счастлива, — шепчу я непослушными губами, обнаруживая себя в снегу.

В первый момент я пугаюсь того, что это тело Машеньки, но затем понимаю — нет, я в своём четырнадцатилетнем измученном теле. Лежу лицом в снегу, почти не чувствую окоченевших пальцев и привычно не чувствую ног... Я знаю, что не в силах бороться и медленно замерзаю. Меня охватывает страшная слабость, я перестаю чувствовать холод — мне становится почти тепло... Надо, наверное, просто уснуть, и всё. Я помню, читала, что замерзающие просто засыпали, и смерть приходила тихо, без боли.

Откуда-то издалека ветер доносит звук сирены, но колыхнувшаяся внутри надежда умирает. Я здесь никому не нужна, совсем никому, да и не найдёт меня никто. Я закрываю глаза, мысленно прощаясь с Машенькой, подарившей мне за это время больше тепла и ласки, чем я получила за всю мою короткую, бесполезную жизнь. Пусть она будет счастлива!

Но будто в ответ на мои мысли, я слышу, как кто-то бежит. Я слышу, как хрустит снег, а затем раздаётся крик малышки. Наверное, это галлюцинации, перед смертью бывает, так в больнице говорили, я помню. Хорошие галлюцинации — перед смертью почувствовать спасение... Это заставляет меня улыбнуться, хотя мои губы почти не двигаются — холод всё сильнее сковывает тело, заставляя меня понимать, что тётя с косой уже совсем близко.

Рядом со мной что-то падает, чьи-то руки переворачивают меня, и на фоне затуманенного слезами леса я вижу того, кого здесь просто не может быть. Меня быстро осматривает дядя Серёжа. Я чувствую его руки и даже против воли тянусь к нему. Но как? Как он оказался тут? Ведь я же — не малышка, как он узнал? В этот самый миг я верю, что на свете есть чудеса.

Меня поднимают и несут куда-то, укладывают очень бережно, укутывая одеялом, как будто я кому-то нужна, как будто я — младшая. Может быть, они просто ошиблись? Но затем я понимаю — нет, не ошиблись. На меня буквально падает малышка, она зовёт меня, теребит, а я просто не могу поверить.

— Малышка, Машенька, не плачь, тебе вредно, — беззвучно шепчу я непослушными губами, и в этот самый момент свет будто выключается. Всё исчезает, а я оказываюсь в малышкиной комнате. Она подбегает и обнимает меня, плача.

— Сестрёночка, родная, любимая, — Машенька подбегает ко мне, ведь здесь у неё есть ножки, — мы нашли тебя! Нашли! Папочка тебя спасёт!

— Но как? Мы же в разное время... — говорю я, хотя уже в этом не уверена.

— Снегурочка рассказала! — гордо отвечает мне Машенька. — Она сказала, как тебя найти, и что время изменилось, а папочка тебя спас, и полицейских было много, и ещё кто-то, но я только о тебе же думала...

— Маленькая моя... — прижимаю я её к себе. — Солнышко ты моё...

Я не задумываюсь о том, как так вышло, что мы вновь оказываемся в общем сне, для меня важно только то, что она в тепле. Только это и важно... Ой, мы же, наверное, одновременно заснули, это напугает людей, надо же возвращаться! Я подталкиваю младшую, всё понимающую сестрёнку и выплываю сама, сразу же обнаружив себя в кровати хорошо знакомой мне палаты реанимации. А где сестрёнка, где?

— Не паникуем, — произносит озабоченный голос дяди Серёжи. — Твоя сестрёнка рядом, поверни голову и увидишь.

— Спасибо... — говорю я, и эхо повторяет за мной: — Спасибо...

Через мгновение я понимаю: это не эхо, это Машенька. Мне нужно уговорить её не дёргаться и не нервничать, но дядя Серёжа всё понимает и сам — он просто сдвигает наши кровати и кладёт Машенькину руку на мою, уговаривая нас не волноваться.

— Всё плохое у вас обеих закончилось, — уверенно произносит он, а потом спрашивает кого-то: — Ну, что у вас?

— У младшей высокая ампутация, но вопросы есть, — отвечает ему басовитый и какой-то бархатный голос. — А вот со старшей... В крови и волосах — следы психоактивов, так что вопросы к её агрессивности есть, да и к депрессии тоже. Эксперты работают.

— Что местные органы? — интересуется дядя Серёжа, на что ему протягивают бумагу.

Я вижу, как откуда-то появляется рука с каким-то белым листом бумаги, взглянув на который, дядя Серёжа начинает улыбаться. Значит, хорошие новости. А я лежу и никак не могу понять, что в действительности произошло, несмотря на объяснения младшей. И, главное, не знаю, что будет дальше. Жить в нашей стране такой, как я... Я уже знаю, что это такое, и лучше смерть, честно.

— Что со мной будет? — негромко, чтобы не слышала Машенька, спрашиваю я.

Я же ему совсем чужая, понятно же, что не нужна буду, но младшая этого не поймёт, поэтому и спрашиваю именно так. А вот дядя Серёжа отлично понимает не только сам вопрос, но и то, что я имею в виду. Он тяжело вздыхает, чуть разводит кровати в стороны, берёт стул и садится так, чтобы оказаться между нами, а затем кладёт свою тёплую руку на мою.

— Кнопка внезапно для себя оказалась совсем одна, — спокойно произносит дядя Серёжа. — Почему это произошло, мы потом разберёмся. Но у неё не было никого и ничего, в это время её спасала, защищала ты. Помогала ей, обнимала и дарила надежду. Так?

— Да, папочка! — отвечает малышка. — Если бы не сестрёнка...

— Вот ты спрашиваешь, что будет, — продолжает он, поглаживая нас обеих, насколько я вижу. — У тебя, как и у Кнопки, будет мама, папа и старшая сестра, если ты нас примешь. Ты будешь жить в доме, где тебя будут любить, обнимать и никогда не предавать. Не здесь, я увезу вас в Германию, там у нас будет совсем другая сказка.

— А как там относятся к... — почему-то мне сложно произнести это слово.

— К особенным девочкам, — улыбается дядя Серёжа. — У нас это так называется, потому что вы — очень особенные.

Ну как, доченька, — ласково произносит он. — Примешь нас?

— Да... — шепчу я, изо всех сил стараясь не заплакать. — Папа Серёжа...

МЛАДШАЯ

Когда я открываю глазки, то узнаю палату. Я в такой уже была много раз, поэтому не пугаюсь, но вот сестрёнка... Где сестрёнка? Папочка, которого я сразу вижу, говорит мне, что сестрёнка рядышком, и делает так, что я её чувствую и вижу. Почему-то я очень слабая, почти не могу шевелиться, но я не боюсь, потому что это же папочка, он меня точно не бросит!

Я не забыла своих мамочку и папочку, которые на небо улетели, но у них же там другая Машенька будет, значит, их у меня больше нет. Зато теперь есть папа Серёжа, и... наверное, не только он? А как его любимая ко мне? Ведь я ей чужая же? Или нет? Не знаю...

— Кнопка внезапно для себя оказалась совсем одна, — спокойно говорит папочка. — Почему это произошло, мы потом разберёмся. Но у неё не было никого и ничего, в это время её спасала, защищала ты. Помогала ей, обнимала и дарила надежду. Так?

— Да, папочка! — выкрикиваю я, потому что если бы не она... И я хочу рассказать, но почему-то не могу. — Если бы не сестрёнка...

— Вот ты спрашиваешь, что будет, — продолжает он, поглаживая меня так ласково-ласково. — У тебя, как и у

Кнопки, будет мама, папа и старшая сестра, если ты нас примешь. Ты будешь жить в доме, где тебя будут любить, обнимать и никогда не предавать. Не здесь, я увезу вас в Германию, там у нас будет совсем другая сказка.

— У меня... у нас будет мамочка? — удивлённо спрашиваю я, а папочка улыбается.

— И мамочка, и старшая сестрёнка будет, — кивает он, а затем сестрёнка начинает плакать, и я понимаю почему.

— А как так вышло, что ты такой важный? — спрашиваю я. — Тебя же все слушаются!

— Мы очень сильно искали тебя, Кнопка, — отвечает он мне, обнимая плачущую сестрёнку. — Никто ничего не хотел говорить, а твой дед...

— Я знаю, — важно киваю я ему. — Он сказал, что не знает меня, вот прямо так сказал...

— Малышка моя! — второй рукой папочка обнимает и меня, а потом, помолчав, продолжает. — Мы нашли больницу, в которой... В которой ты лежала, выяснили, что ты там была, но вот больше не смогли узнать ничего совсем.

— Я в интернате была, — объясняю я ему. — Страшный чёрный колдун за меня заплатил, и я там была. Там было спокойно, но очень холодно, если бы не сестрёнка...

— Не всё просто с тем интернатом, — вздыхает папочка. — Но у меня много друзей, мы подключили и немецкие специальные органы, поэтому мне помогли.

Я понимаю — надо спросить сестрёнку, о чём папочка говорит. Не потому, что я ему не доверяю, просто я так привыкла — сестрёнку спрашивать, ведь она всё-всё на свете знает! А сейчас я просто прижимаюсь к папочке, потому что

СЕСТРЕНКА ИЗ СНА

мне очень нравится это и совсем не страшно. Но тут в палату входит какой-то дядя, молча протягивая что-то папочке. Он отпускает нас обеих, беря это что-то и разглядывая на свет.

— То есть к таким последствиям привела операция, — задумчиво произносит папочка. — Ладно, дома будем смотреть... Самолёт они выдержат?

— Выдержат, — уверенно произносит незнакомый дядя. — Состояние обеих кошмарное, сам видишь, а мы тут дальше сами уже.

— Вижу, — кивает папочка.

Я не понимаю, о чём они говорят, наверное, ни о чём плохом, потому что сестрёнка улыбается. Она смотрит на меня и улыбается, значит, всё хорошо. Я по ней определяю, когда что-то плохо, потому что она меня ни разу не обманывала ещё. И не будет, потому что это же она...

— Папочка, а можно нам вместе лежать, мы... — я не знаю, как правильно уговаривать, потому что обычно мы же во сне вместе всегда.

Папочка молча берёт меня на руки и перекладывает в постель к сестрёнке, позволяя мне её сразу же обнять, несмотря на то, что я слабая. И она обнимает меня, мы так и застываем. Я всхлипываю, потому что вспоминаю, а она меня гладит.

— Не делай так больше, — прошу её я. — Я не хочу без тебя.

— Я всё-всё сделаю, чтобы ты улыбалась, — отвечает она мне.

Папочка смотрит на нас, придвигает стул и начинает

гладить. Он это так ласково делает, что мы с сестрёнкой одновременно тянемся, прося ещё, а он вздыхает, начиная рассказывать о том, что теперь точно всё будет хорошо. Я слушаю эту сказку, затаив дыхание, потому что теперь, оказывается, я особенная! Не то слово, которым себя сестрёнка называла, и не то, которое в школе, а — особенная...

— Ты меня очень быстро приняла, — замечает он, поглаживая меня, отчего мне хочется мяукать, как кошечке. — Так плохо было?

— Меня сестрёночка собой закрыла, — объясняю я ему. — А она очень плакала, поэтому, наверное, да...

— Малышка не выдержала бы, — комментирует сестрёнка. — Да и я — только потому, что такого ждала. Сама такой тварью была...

— Не говори о себе плохо, — грустно улыбается папа, а вот потом начинает рассказывать.

Оказывается, всякие лекарства в волосах и ногтях надолго остаются, и потом даже через годы можно узнать, какие таблеточки кто кушал. Так вот, оказывается, сестрёнку кормили какими-то таблеточками, которые нельзя, поэтому она была такой злой и раздражённой, а зачем, я не поняла, зато, кажется, понимает она. Сестрёнка начинает всхлипывать, а потом тихо-тихо плачет, а я её обнимаю и начинаю вместе с ней плакать, чтобы ей не было одиноко плакать самой.

Если её кормили таблеточками и не спрашивали, отчего она и была бякой, значит, она не виновата в своей бякистости! И наказывать её не за что, потому что это же не она была! Я так и говорю папочке, а он кивает мне, а потом обнимает нас обеих. Обнимает и держит в руках, чтобы нам было теплее. В его руках мне очень тепло, как в сестрёнкиных, а об улетевших на небо мамочке и папочке я не думаю изо всех сил. Потому что это же они захотели на небо улететь? И ещё я не думаю о том, что меня, получается, бросили, потому что я же сама согласилась обменять себя на мамочку, как сестрёнка себя — на меня. Значит, теперь у меня новый папочка и, наверное, мамочка будет... Ну, если...

— Почему? — спрашивает сестрёнка, немного успокоившись. Я не понимаю, что она имеет в виду, но, кажется, понимает папочка.

— Чужих детей не бывает, — спокойно отвечает он ей. — А вы сёстры, и это видно. Ты спасала малышку, а она?

— Она мне подарила больше тепла, чем у меня было за всю мою жизнь, — всхлипывает моя сестрёнка, и хоть я знаю, что жилось ей плохо, от этих слов просто плачу.

Она же не испытывала ничего, только видела, да ещё я рассказывала, а так говорит, как будто... Я даже слов таких не знаю!

МАМОЧКА, ПАПОЧКА И АЛЁНКА

СТАРШАЯ

Папа Серёжа проводит с нами, кажется, всю ночь, а мы сидим с Машенькой в её комнате в обнимку. Странно, вроде бы мы уже в своих телах, по логике, не должны друг другу сниться, но мы снимся. Сидим и обнимаемся. Машенька рассказывает мне, как она испугалась за меня, как ей было страшно, но, к счастью, наш папа оказался каким-то очень серьёзным дядей, поэтому меня быстро спасли, а теперь папочка обещает не разлучать нас больше.

Понимать, что, возможно, я была не виновата в своей злости, необъяснимой ярости, бешенстве, агрессии... Это так сложно, но папа же сказал... А называть кого-то папой, не с брезгливостью, не с отчаянием, а вот так, осознавая, что тебя любят — это просто необыкновенно, просто невыразимо и невозможно, я и не знаю, как реагировать, как воспринимать, ведь мне хочется плакать постоянно.

Утро начинается с дремлющего папы и резко открываемой двери. Я не знаю, кто там, поэтому накрываю младшую рукой, стараясь защитить её. Но в палату почти вбегает какая-то женщина в наброшенном на плечи халате. Она оглядывает палату, а затем видит нас. Я даже пытаюсь привстать, чтобы закрыть младшую, но эта женщина просто наклоняется и сгребает нас обеих в охапку.

— Маленькие мои! — шепчет она, целуя наши лица. — Настрадались, мои хорошие... Совсем одни были... Малыши мои...

Она не делает разницы между младшей и мной, зацеловывая каждую из нас. Я не понимаю, что происходит, а она, кажется, хочет заплакать. Она обнимает нас так... так... У меня нет слов, чтобы это описать. Меня так никто никогда не обнимал, поэтому даже ассоциаций никаких нет. Я будто растекаюсь в её руках, совершенно не понимая происходящего.

— Здравствуй, любимая, — слышу я папин голос, в котором столько любви, что и непредставимо даже. — С дочками знакомишься?

— Ты что не сказал, что они совсем потерялись? — напускается на него женщина. — Их же согреть надо!

— А ты кто? — тоненьким голосочком спрашивает младшенькая.

— Я ваша мама, доченьки, — отвечает ей... мама? — Отныне и навсегда — я ваша мама. Что с ними, Серёжа?

— Да тут... — вздыхает наш... папа. Я привыкну, обязательно! — Нужно везти к нам и разбираться, потому что история старшей пахнет очень плохо.

— Сейчас Ленка подойдёт, — сообщает мама, держа нас в объятиях. — Соберём малышек... Или они должны тут лежать?

— Тут как раз необязательно, — отвечает папа, просматривая какую-то бумагу. — В посольство двинем, вот что. Зигфрид обещал поспособствовать.

— Хорошие у тебя друзья, — вздыхает она, а затем укладывает нас обратно на подушки. — Сейчас мы умоемся, позавтракаем, а там папа всё решит.

Я не понимаю происходящего. Эти люди приняли меня мгновенно, как будто я здесь всегда была, была дочерью, или... Просто не понимаю происходящего, а Машенька цепляется за меня, привычно доверяя моим реакциям. Мы стали с ней настоящими сёстрами за это время, как будто и родились вместе.

Папа рассказывает... маме о том, что ему удалось узнать, о том, как младшая интерпретирует всю историю, а я внимательно слушаю, потому что всё какое-то странное. Почему меня не убили изначально? Ведь проще было просто убить... Зачем со мной сделали то, что сделали? Именно этого я понять не могу. А с младшенькой ещё более непонятно, но дя... папе Серёже не нравится то, что он узнал.

Вроде бы всё логично — бывший любовник мамы девочки оплатил интернат, только вот что странно... Папа говорит, что Машеньку искала и полиция, и более серьёзные дяди, но не нашли. А ведь мы и в школу ездили, и жили в интернате, да и те, кто в больнице, искали же... Почему тогда?

Вот именно этого я не понимаю, потому что... Что-то

тут не так, да и со мной тоже. Папа говорит, что с этим разберутся, поэтому волноваться не нужно, а мама... Только теперь я понимаю, как сильно отличается настоящая мама от того, что было у меня! Она мало того, что на руках носит, хоть и тяжело это, она ещё и будто закутывает в свою душу так, что я просто теряюсь. Даже не представляла себе, что может быть так.

— Папа, мама! — в палату вбегает высокая девушка, старше меня, на вид ей лет двадцать, наверное.

Я не успеваю её рассмотреть, а она внезапно оказывается совсем рядом со мной. Я лежу в кровати, наблюдая через открытую дверь ванной, как умывают сестрёнку, поэтому реагирую не сразу, но почему-то не пугаюсь. А эта девушка смотрит на меня с непонятным выражением в глазах, а потом просто улыбается.

— Ну, здравствуй, сестрёнка, — говорит она мне. — Меня Алёнкой зовут, если по-русски. А тебя Машей, да?

— Нас обеих Машами зовут, — сообщаю я ей, увидев тень удивления на лице. — А ты точно хочешь меня в сестрёнки?

— Папа? — уже сильно удивляется Алёнка.

— Страшной у неё жизнь была, доченька, — отвечает наш папа. — Очень, и мы ещё всего не знаем.

Новая сестра обнимает меня и начинает рассказывать о том, что теперь точно всё плохое закончилось, потому что родители всё решат, и она поможет. Она говорит мне, что я никогда не буду одна, что все испытания остались позади, и теперь всё будет только хорошо, потому что иначе не может быть, а я... Я плачу от её тепла, ласки и уверенности. Мне хочется верить, но ещё и очень страшно, потому что вся моя жизнь противоречит тому, что говорит эта девушка.

Но тут появляется младшая, устроившись рядом со мной. Она сразу же лезет обнимать Алёнку, и та осторожно берёт её на руки. При этом я не вижу брезгливости в её глазах. Алёнка очень бережно держит младшую, почти никак не отреагировав на культи, и мне это очень странно. Кстати, о культях...

— Папа! — зову я, и он моментально оборачивается ко мне. — Надо младшей на культи чехлы придумать, потому что холодно и плакательно ей от них. Я пыталась что-то сделать, но...

— Так вот что это было! — понимает папа, затем объясняет маме о чехлах, которые были на ногах младшенькой.

А наша самая старшая сестрёнка, кажется, сейчас расплачется. Правда, причину этого я не понимаю, зато обнаруживаю странности за собой. Такое ощущение, что я вдруг становлюсь младше, что совершенно для меня неожиданно. Это на самом деле пугает, потому что как же я малышку защищу? Полностью довериться взрослым мне просто страшно, но они это, кажется, понимают... Мне бы так всё понимать...

Из всего рассказанного... папой я понимаю дай бог половину, но...

МЛАДШАЯ

Я не очень понимаю разговоры взрослых, но не задумываюсь, потому что сестрёнка сказала же, что всё хорошо будет, только ножки... Я стараюсь не смотреть на... на то, что от них осталось, потому что мне хочется плакать не переставая. Мне больше никогда не бегать и не прыгать, потому что ножек у меня больше нет.

Я понимаю, от чего меня защитила сестрёнка, но теперь я не могу просто спрятаться в своей комнате во сне, мне нужно привыкать. Мамочка... У меня есть мамочка! Она даже теплее и внимательнее, потому что очень бережно ко мне относится и не хочет, чтобы я плакала. Я вспоминаю последний месяц перед тем, как родители решили уйти на небо. Они были раздражёнными, наверное, я им просто надоела... Или колдун недорасколдовал мамочку? Поздно об этом думать...

Мамочка меня умывает, сначала сестрёнку, потом меня, и в то время, когда она меня умывает, вдруг оказывается, что у нас есть старшая сестричка! Интересно, а она нам сниться будет? Её зовут Алёнкой, и она нас уже любит, она сама так говорит! Садится с нами обеими, чтобы помочь с завтраком. А зачем помогать, мы же сами умеем, я и сама могу! Ой... не могу...

— Почему я такая слабая? — спрашиваю я сестрёнок, немного этого даже пугаясь.

— Потому что всё плохое закончилось, — говорит та, которая Маша, а не которая Алёнка. — Всё закончилось, и больше не надо быть сильной... Не надо...

Она вдруг начинает плакать, и я плачу тоже, конечно же, потому что ей же одиноко самой плакать, а старшая наша сестричка, которая Алёнка, она обнимает нас обеих и уговаривает не плакать. А как можно не плакать, если сестрёнка плачет? Вот и я с ней за компанию, но долго плакать не получается, потому что приносят завтрак. Папочка уходит по делам, а мамочка и Алёнка садятся по обе стороны кровати, чтобы нас кормить. Сестрёнка, которая Маша, вздыхает, потому что всё понимает.

— Давай поиграем? — предлагает она мне. — Как будто мы с тобой очень-очень... маленькие... — она запинается, как будто хочет что-то проглотить, а Алёнка с тревогой смотрит на неё, я же вижу! — И как будто не можем сами...

— Давай! — улыбаюсь я, придвигаясь на руках к ней поближе. — А кто покормит таких хороших маленьких девочек?

— А вот мы сейчас покормим! — начинает мама улыбаться. — А кто у нас ротик открывает? Кто самая хорошая девочка?

Я сразу же открываю ротик, конечно, потому что я же послушная девочка. А Маша задерживается, потому что ей трудно поверить в то, что больно не сделают. Но мы кушаем, потому что надо, хоть и невкусно. Но мы не дома, а в больнице, а тут всегда невкусно, поэтому капризничать незачем, хоть и очень хочется. Потому что мамочка и сестрёнка рядом, мне хочется прыгать, но прыгать мне не на чём, поэтому хотя бы покапризничать бы чуть-чуть...

После завтрака, во время которого я не решаюсь покапризничать, потому что почему-то страшно становится, мамочка задумывается, а потом просит Алёнку принести какие-то носочки. Сестрёнка кивает, куда-то уходит, но быстро возвращается, протягивая что-то маме. Это носочки, но большие какие-то, у меня таких не было, когда... когда...

Маша как-то чувствует, что я сейчас плакать буду, поэтому обнимает меня и уговаривает не плакать.

— Она тепло почувствовала, расслабилась, — объясняет она Алёнке. — Вот осознание у неё...

— А у тебя? — спрашивает Алёнка.

— А у меня уже давно... — вздыхает сестрёнка Маша. — Я и не думала...

— Она почти умерла, но её папочка спас! — выкрикиваю я, оглушая её. — И теперь она не умрёт...

— А вот мы носочки наденем, — говорит мамочка, и я чувствую, что она что-то делает, но меня сестренки держат, и я не вижу.

Становится жутко интересно, поэтому я мягко изворачиваюсь, чтобы видеть, а сестрёнка, которая Машка, не даёт, она играет, но мне интересно же! И тут я вижу — ножки, ну, то, что от них осталось, они укрытые такими носочками в полосочку, им и теплее, и совсем не так плакательно. Ну, не так страшно и жалобно выглядят, поэтому я улыбаюсь.

— Спасибо, мамочка! — благодарю я маму, которая такую красивую штуку придумала. — Очень-очень!

— Не спеши плакать, малышка, — мамочка гладит меня по голове. — Наш папа что-нибудь придумает с твоими ножками.

Придумает? Эта фраза заставляет меня замереть просто, потому что — ну что тут можно придумать? Но мамочка так уверенно говорит, что у меня появляется надежда на чудо, поэтому я снова улыбаюсь. Хорошо, когда есть взрослые, которым не всё равно! И можно не плакать... И сестрёнка не плачет, потому что нас теперь обнимают же! В эту минуту, когда я улыбаюсь просто до ушей, в палату папочка входит.

— Дети накормлены? — интересуется он у мамочки. — Давай к перевозке готовить.

— Любимый? — спрашивает мамочка, на что папочка отвечает, что что-то нехорошо шевелится где-то вокруг, поэтому он позвал дядечек, которые его друзья.

Я не понимаю, о чём они говорят, но мне, наверное, и не нужно, потому что мамочка и сестрёнка, которая Алёнка, сразу же начинают что-то быстро делать. Потом в палату к нам заходят ещё дяди и тётя, они говорят совсем не по-русски, и я не понимаю, что именно они говорят, но один из дядей протягивает папочке красную книжечку, маленькую такую. Я не знаю, что это такое, зато Алёнка понимает, сразу же захлопав в ладоши.

Меня одевает Алёнка, а мамочка в это время Машу одевает, потому что она больше, и сама вообще ничего сделать не может. А я стараюсь не вертеться, чтобы не мешать Алёнке, хотя, конечно, хочется же самой сделать! Но я не мешаю, потому что слабая же и сама сейчас год, наверное, одеваться буду, а зачем заставлять всех ждать?

А Машка говорит Алёнке, чтобы с ножками осторожнее, потому что они почему-то чувствительные, даже спустя столько времени. Мамочка и папочка при этом переглядываются, и дальше мною занимается папочка. Ему что-то очень сильно не нравится, но он спокойный. Я же знаю, какой папа Серёжа, когда ему что-то не нравится!

Вот нас заканчивают одевать, потом просто берут на руки и несут к выходу, а впереди и позади идут эти, не говорящие по-русски дяденьки, а мне кажется, что-то происходит, даже, может быть, страшное, но я доверяю мамочке и папочке, и Алёнке, конечно, доверяю, поэтому не пугаюсь. Просто немножко не по себе, как будто страшно, но и не страшно одновременно. Я не успеваю сообразить, пугаться нам или нет, потому что нас с сестрёнкой укладывают в машину, а вокруг все очень серьёзные какие-то.

ПОСОЛЬСТВО

СТАРШАЯ

Мы как-то очень быстро оказываемся в машине. Это микроавтобус тёмно-синего цвета с какими-то флажками. При этом я вижу, что машин, стоящих перед и за ним, довольно много, а впереди ещё, кажется, полиция стоит. И все взрослые напряжены, но нас с сестрёнкой укладывают внутрь, рядом усаживаются Алёнка и новая мама, чуть впереди — водитель с каким-то дядькой и папа тоже.

Сначала они негромко переговариваются не по-русски, а потом дверь опять открывается, дяде рядом с папой протягивают какую-то папку, после чего машина дёргается и начинает ехать, а большая дверь на ходу закрывается. Дядя внимательно читает, что написано в папке, потом начинает хихикать. Папа, по-моему, тоже не понимает, в чём дело, поэтому отбирает папку и читает сам, но через некоторое время тоже смеётся.

— Чему смеёмся? — спрашивает его наша мама. Господи, мама...

— С детьми всё не очень просто, — объясняет папа. — Но вот кто бы это ни сделал, обманул только себя. Ты помнишь, что мы сделали, когда пришло известие о гибели родителей малышки?

— Ну да, — кивает мамочка, пожав плечами. — И что?

— А то, — хмыкает папа. — Местных документов у детей нет вообще никаких, понимаешь?

— А куда же они делись? — удивляется мамочка.

Но тут они переходят на свой язык, что-то довольно эмоционально обсуждая. Мне, впрочем, хватает и того, что я услышала. Не зря, получается, младшая называла «благодетеля» страшным чёрным колдуном. Раз на неё документов нет, значит, их уничтожили, чтобы никто её не хватился. Вот теперь я задумываюсь — а была ли случайной авария? То есть только лишь дело в том, что один выпил, а другая скандал устроила? Или же нет?

Тот факт, что на меня нет документов, меня уже не удивляет, но вот на младшую — это очень странно. Просто очень странно, причём настолько, что непонятно, что происходит. Надо будет всё-таки папу спросить, потому что я совсем ничего не понимаю. А когда я ничего не понимаю, мне страшно становится. Я не люблю, когда страшно, как и находиться во власти взрослых.

Наверное, что-то отражается на моём лице, потому что мамочка вдруг прерывает дискуссию с папой и наклоняется ко мне. Она гладит нас с младшей по головам, успокаивая нас. Я вижу, как младшая задрёмывает, но мне нельзя, потому что кто же её защитит в случае чего.

— Ваши местные документы исчезли, — негромко говорит мне мамочка. — Совсем исчезли, поэтому мы Машеньку найти не могли. Но дело в том, что она записана дочерью нашей, так как мы крёстные, а для немецких властей этого достаточно. С тобой было чуть посложнее, но на тебя документов тоже не нашли, поэтому вписали дочкой.

— И что это значит? — пока я понимаю только то, что мы с младшей записаны, как дети папы Серёжи. Но что именно это значит, до меня не доходит.

— А это, доченька, — вздыхает мама, — означает, что есть у нас две немецкие девочки, похищенные бандитами, в освобождении и эвакуации которых принимает участие охрана посольства.

— Это значит, что нас не могут отобрать? — до меня что-то начинает доходить.

— Да, маленькая, — кивает мне папа. — Ты теперь наша дочь, и оспорить это нельзя. А вот что конкретно случилось и почему, будет разбираться полиция, наши органы и много кто ещё.

Я внезапно ощущаю себя защищённой. Заодно понимаю, почему было так много полиции — они искали похищенную бандитами иностранку, вот в чём дело! А нашли аж двух, и теперь у всех будет геройский вид. Ну или нет. Но это точно уже не наше дело, абсолютно точно. Нам теперь надо будет учить язык и привыкать к жизни в новой стране. Надеюсь, она хоть как-нибудь отличается от этого всего.

СЕСТРЕНКА ИЗ СНА

— А вдруг бандиты захотят напасть? — спрашиваю я, вспоминая Ваську.

— Нападалка у них не выросла, — хмыкает папа. — На посольскую колонну нападать...

Что значит «посольская колонна», я не знаю, но учитывая, как уверен в своих словах папа, думаю, что всё будет в порядке. Малышка уже совсем уснула, наверное, надо и мне поспать, ведь ей там одиноко будет самой. Тем более ничего не происходит, а папочка опять разговаривает на непонятном языке. Я просто начинаю понимать, как именно нам повезло обеим. Если бы Дед Мороз не сделал ничего, то нас бы рано или поздно убили, слышала я разговоры о тех, кто детей на запчасти разбирает... Возможно, и тут речь именно об этом.

Только со мной не очень понятно... Если меня хотели на запчасти разобрать, то почему таблетками кормили? Может быть, таким образом спасти хотели? А я сама в это верю? Нет, не верю... Я медленно проваливаюсь в сон, почему-то убеждённая в том, что теперь-то точно ничего не случится. Кроме того, я вижу, что мы уже за город выехали, значит, ехать предстоит очень долго, ну а раз так, то можно и с младшей посидеть.

— Ну где ты так долго! — топает ножкой младшая, стоит мне только провалиться в сон. — Я уже и ждать устала!

— Иди ко мне, малышка, — говорю я ей, обнимая покрепче. — Мы в безопасности, а скоро переедем в другую страну, где всё будет иначе.

— Я верю, — тихо произносит младшая. — Верю, что всё будет хорошо, вот только ножки...

— Мама же сказала, что папа что-нибудь придумает? — строго спрашиваю я, и младшая просто прижимается ко мне. Сколько надежды в её глазах...

— Как ты думаешь, наша новая сестрёнка тоже будет нам сниться? — интересуется у меня Машенька.

— Вот уж не знаю, — хихикаю я.

Мы сидим, обнявшись, сестрёнка расспрашивает меня о том, что я поняла, я отвечаю ей, одновременно раздумывая. Многое из случившегося мне кажется странным, и только Дедом Морозом дело не объясняется. Он-то просто меня вселил в сестрёнку, спасши её, — вопрос ещё, почему именно в неё, но ответ на него я вряд ли узнаю. В результате она сохранила себя, не погибла, хотя столько раз могла... Я думаю, взрослые всё выяснят, потому что наш папа — явно не простой человек в этой самой Германии. Однажды, я думаю, мы узнаем. Может быть, даже скорее, чем я думаю.

Не каждый же гражданин может поднять на уши посольство? У меня в голове не укладывается ситуация, при которой государство может защитить каждого своего гражданина. Значит, с папочкой связана какая-то тайна, но это и хорошо, потому что он же нас спас. Обеих спас, хотя я-то уже прощалась с жизнью. И будущее теперь у нас есть, даже у меня, даже... Даже в таком состоянии. Я решаю довериться мамочке и папочке.

МЛАДШАЯ

Я просыпаюсь, когда машина останавливается. Просыпаюсь и сразу чувствую, как вокруг меняется атмосфера. Взрослые оживлённо переговариваются, звучат смешки, появляются улыбки — все явно испытывают облегчение. Наверное, мы попали куда-то в безопасное место, где совсем ничего угрожать не может. Нас берут на руки, Машу — папочка, а меня — мамочка, и куда-то несут. Сначала в большое серое здание, потом куда-то спускаются и заходят в лифт. Он едет-едет, едет-едет и останавливается. Я оглядываюсь по сторонам, но вижу только коридор с дверями. Мамочка несёт меня мимо этих дверей, а потом поворачивает в приоткрытую. Потом что-то происходит, и я оказываюсь на диване, рядом с сестрёнкой.

— Коляски вам привезут чуть попозже, — говорит нам папочка. — Пока вы полежите, посмотрите мультики, а мне нужно отлучиться. С вами мама с Алёнкой посидят, договорились?

— Договорились, — киваю я, оглядываясь в поисках мультиков.

Загорается экран прямо перед диваном, на котором начинают показывать мультики. Этот я знаю, он про кота Тома и мышонка Джерри, который убегает от кота и делает ему пакости, а кот его хочет поймать, но почему-то не получается. Иногда его даже жалко, но не сильно, потому что нельзя быть глупым. Что ему мешает подружиться с мышонком? Зачем нужно вообще друг за другом гоняться?

— Вот приедем в Германию, — говорит мне Алёнка, когда мультик заканчивается, — будете в школу ездить...

— В школу для... — сестрёнка, которая Маша, запинается, но наша самая старшая удивляется так явно, что я ей сразу верю.

— В обычную школу, — отвечает она нам. — Сопровождение на первых порах будет, особенно у малышки, но школа всё равно обычная.

— Как обычная? Мы же... — Маша не может поверить, а я и вспоминать не хочу то, что увидела в её памяти.

— Вы очень особенные девочки, — улыбается Алёнка. — Сами увидите.

Что такое «особенные», я не понимаю, хотя верю, конечно, но сейчас мне почему-то больше плакать хочется. А ещё стать маленькой-маленькой, чтобы ото всех спрятаться. Мамочка вздыхает и берёт меня на ручки, прижимая к себе. Она меня покачивает, отчего становится спокойнее. Старшая сестрёнка куда-то уходит, но возвращается с тетрадями какими-то.

— Мама, — обращается она. — А давай я с сестричками немецким позанимаюсь? Они отвлекутся и не будут грустить.

— Очень хорошая идея, — хвалит её мамочка, укладывая меня обратно на диван. — Только помягче, хорошо?

— Конечно, — кивает сестрёнка, принимаясь за дело.

Это оказывается очень интересно — учить новый язык. И мне интересно, и Маше, потому что мы не как в школе учим, а играем. Алёнка помогает запомнить буквы, а ещё слова, и песенки поёт так, что я совсем не замечаю, как

СЕСТРЕНКА ИЗ СНА

пролетает время и наступает пора обедать. Вот тут нам привозят коляски — одну для меня, а вторую для сестрёнки. Только для меня такую, чтобы я сама могла крутить колёса, а вот у Маши — с какой-то ручкой. Нас обеих пересаживают, и ей объясняют, что и для чего нужно, а мне мамочка помогает, хотя я и сама могу.

— Средней нашей доченьке, должно быть, тяжело колёса самой крутить, — объясняет мне мамочка. — Поэтому у неё коляска с моторчиком, она сама ездить умеет. А сейчас мы поедем в столовую...

И мы действительно отправляемся в столовую, где много людей. Отдельно сидят и едят военные, отдельно — ещё какие-то люди в одинаковых костюмах. Но все, кто нас видит, улыбаются и здороваются, и я здороваюсь, улыбаясь им, потому что я теперь буду немецкой девочкой, мне мамочка объяснила, и сестрёнки тоже, поэтому мне привыкать надо.

— О, вот и наши героические девочки! — с акцентом произносит какой-то толстый дядя, но меня заинтересовывает, что он сказал.

— А почему мы героические? — удивляюсь я.

— Потому что выжили, — серьёзно говорит этот дядя. — Выжили и помогли нам найти очень нехороших людей.

Пока меня устраивают за столом, я раздумываю. Эти «очень нехорошие люди» — они что, хотели с нами сделать что-то плохое? Ну меня скушать, наверное, а сестрёнку просто убить. Значит, у неё был свой страшный чёрный колдун, и эти колдуны были как-то связаны. Ну, мы же связаны, значит, и колдуны связаны, как же иначе, правильно?

Сейчас нам позволяют поесть самим, при этом меня удивляет, как обед подаётся: сначала салат, потом сразу второе, а первого нет. И десерт ещё какой-то необычный. Такое все интересное, просто ужас! Я беру вилку и начинаю есть, рядом сестрёнка Маша. Я вижу, что ей трудно почему-то вилку держать.

— Мамочка! Сестрёнке трудно! — обращаю я внимание мамы.

— Да, доченька, — вздыхает мамочка. — Сестрёнка твоя подмёрзла в снегу, а помощи просить не привыкла. Ну что ты, Машенька, — обращается она к сестрёнке, а не ко мне. — Давай я тебе помогу?

— Герр доктор, — к нашему столу подходит какой-то военный. — Русские выделяют госпитальный самолёт, через два часа вылет.

— А чего это они вдруг? — удивляется папа, откладывая вилку.

— Так дело-то общее, — вздыхает военный. — Чем быстрее дети окажутся в безопасности, тем легче работать будет.

— Это правильно, — кивает папа и обращается к нам: — Вы слышали? — улыбается он. — Поэтому сейчас быстро кушаем и летим домой.

Я не очень понимаю, о чём дядя говорил с папой, но они почему-то по-русски говорили, наверное, для того, чтобы и мы поняли и не пугались. Это очень здорово, когда заботятся! Я понимаю, что мы сейчас отправимся домой, потому что так дядя сказал, а там уже всё будет хорошо, наверное. Ну не зря же папа обрадовался, и ещё же кто-то что-то о безопасности же сказал. Это значит, что нас унесут от страшных чёрных колдунов, и они не будут меня кушать дальше.

Поэтому я стараюсь поесть побыстрее, чтобы никого не задерживать. Мама тоже немного ускоряется, потому что ещё же собраться надо, ой... А мне нечего собирать, потому что мои вещи все в интернате же остались. А как я буду без всего? Наверное, надо поехать в интернат за вещами? Или не надо, потому что там колдуны будут?

— А у меня же всё в интернате осталось... — сообщаю я с вопросительной интонацией.

— Дома купим всё новое, — отвечает мне мамочка. — Раз уж дед таким...

— Нехорошим оказался, да? — интересуюсь я.

— Да, маленькая, — гладит меня мамочка, и я успокаиваюсь.

Мои родные мама и папа решили улететь на небо и сделать там себе другую Машеньку, которая не будет их расстраивать, а у меня тут есть мамочка и папочка, и сестрёнки ещё, поэтому мне без них неплохо уже. Я переплакала это... ну то, что они ушли. В руках моей сестрёнки проплакала это, а зачем два раза из-за одного и того же плакать?

РАБОТА НАД ОШИБКАМИ

СТАРШАЯ

Перелёт проходит как-то незаметно, потому что нас просто кладут на каталки, и всё — коляски-то остаются в посольстве, нам их временно выдали, правда, папочка говорит, что в Германии другие будут. Стоит самолёту приземлиться, и меня, и младшую перекладывают на другие каталки, но сестрёнка начинает плакать, поэтому нас умещают на одну. Расставаться со мной ей страшно, мне тоже, но я просто привыкла к тому, что меня не спрашивают.

И вот мы в больнице... Она отличается от той, в которой мы были — широкие коридоры, стены с цветочками и зверями, двери красивые, главное, очень чисто вокруг, и все улыбаются нам. Вот прямо все встречные улыбаются, и от этого хочется то плакать, то улыбаться в ответ. О чём нас пытаются расспросить, я не понимаю, но они делают это очень ласковыми голосами, поэтому я не пугаюсь. Тут включаются мамочка и сестрёнка, которая Алёнка. Они нам с младшей с немецкого переводят, и наши ответы врачам — тоже.

Потом меня заталкивают в большое такое кольцо, очень громкое, а потом туда же, насколько я понимаю, и Машеньку — ну, младшую. Всё происходящее вокруг непонятно, потому что большие помещения, а не маленькие палаты, у нас в такую человек шесть бы засунули, а тут только мы с Машенькой лежим. Папочка... Я его полностью приняла, и мамочку тоже, ведь меня младшая научила тому, как это надо делать. Мамочка — настоящая, тёплая, заботливая, наверное, может быть и строгой, но нет, наверное...

Папа заходит к нам в палату, когда я чувствую себя очень утомлённой после всех обследований. У него в руках какие-то снимки, бумаги ещё, а сам он задумчивый. Наверное, что-то необычное обнаружилось, или он по другому поводу? У меня появляется ощущение того, что сейчас что-то случится, только я не могу понять — хорошее или плохое.

— Что там, любимый? — интересуется мамочка, тоже понимая, по-моему, что папа что-то нашёл неожиданное.

— В большей степени состояние старшей — результат операции, — объясняет папочка. — У младшей неправильно обработаны культи, отчего они такие чувствительные. Выглядит, честно говоря, как злой умысел.

— Ничего ж себе... — тянет Алёнка, и я с ней согласна.

— Но это не всё, — замечает мамочка, внимательно глядя на папу.

— Не всё, — кивает он, читая последнюю бумагу. —

Кума, получается, налево сходила, девочки действительно сёстры.

— Ого... — удивляется мамочка, а я не понимаю, чему она так удивляется, но только потом до меня доходит.

Медленно, но до меня доходит, что именно говорит папа. И болезненность... ног... у Машеньки, и то, что я почти недвижима, а в туалет хожу только под себя — все это сделано специально. Но, как будто этого мало, у меня и Машеньки одна мама, только меня она бросила, а младшую нет... Но теперь понятно, почему я жила именно в ней, по моему мнению. Раз мы сёстры, значит, близки по крови — наверное, поэтому. Папочка при этом что-то говорит про Санта-Барбару, если я правильно расслышала, и снова уходит — что-то уточнять, как он говорит.

Уже вечер, поэтому нас сейчас, скорее всего, покормят, а потом и спать уложат. Грустно, конечно, что со мной такое наделали, да и с младшей, но теперь-то уже ничего не изменишь, наверное. Может быть, её можно как-то утеплить... Ну и надо будет с ней поговорить, чтобы она себя принять могла, потому что трудно же ей...

Грустно мне... Получается, там вообще не было нормальных людей, даже операция... Значит, всё было спланировано? Зато я живая, ну а то, что не чувствую ничего ниже пояса, — наверное, с этим можно жить... Плакать хочется, но нельзя, потому что сестрёнка же всё поймёт и плакать тоже будет, а ей вредно, не зря же она сознание теряет...

В палату входит папа и ещё какие-то доктора. Они подходят сначала ко мне, гладят по голове и через маму спрашивают разрешения меня осмотреть. Спрашивают! Меня! Не просто щупают, а разрешения спрашивают! Я плакать сейчас буду!

— Тише, тише... — мамочка всё видит. Она гладит меня по голове и что-то объясняет докторам, которые качают головами, с сочувствием глядя на меня.

Затем меня переворачивают и начинают щупать, переговариваясь. А я, уже сжавшись в ожидании холода, медленно расслабляюсь, потому что руки у докторов тёплые. Они переговариваются, что-то шуршит, но при этом в их голосах нет агрессии, они спорят, я по интонациям слышу, но делают это тихо. А потом меня снова переворачивают, и папа присаживается рядом с кроватью.

— Доченька, полностью исправить ноги мы не сможем, — начинает он, глядя мне прямо в глаза. — Но можно частично восстановить чувствительность. Ты будешь чувствовать, когда в туалет, например, хочешь... У нас есть специальные коляски, которые могут тебя поднимать, чтобы ты стояла, но вот полностью вылечить нельзя.

— Папочка... Мамочка... — я плачу, потому что даже в туалет самой чувствовать — это мечта, с которой я попрощалась. А ещё папочка говорит, что, когда я вырасту, у меня появится мальчик... У меня? Такой?

— Что за звери... — вздыхает мамочка, гладя меня по голове.

А потом доктора переходят к сестрёнке. Они так же спрашивают разрешения, пока осматривают похныкивающую Машеньку, её гладит Алёнка, отвлекая от того, что с ней делают. Кивнув друг другу, доктора уходят, но с нами остаётся папа. Он внимательно смотрит на меня, а потом на Машеньку и улыбается.

— Сейчас мои хорошие уснут, — говорит он нам. — А когда проснутся, то всё сразу будет намного получше.

Я понимаю, что нас сейчас, наверное, будут лечить во сне, исправляя то, что сделали... другие. Но я зову папочку, чтобы спросить его, почему. Почему с нами так поступили. Но он гладит меня по голове, рассказывая, что всему своё время, и я ему верю. Я верю в то, что нам расскажут всё, и в то, что станет легче. И мне, и Машеньке, потому что очень уж у неё чувствительно там всё, а это больно, ну и протезы, наверное, при таком нельзя. Действительно, получается, звери...

Приходит медсестра, она улыбается, рассказывая через маму, что сейчас будет маленький укольчик, а потом мы просто уснём и ничего не почувствуем. Интересно, а почему именно сегодня? Неужели настолько срочное дело? Я спрашиваю об этом маму, пытаясь затем осознать её ответ. Я пытаюсь понять, что она мне говорит, но не могу, у меня просто в голове не укладывается.

— Никому не надо вас мучить, — говорит мне мама. — Больница работает круглосуточно, да и профессор говорит, что чем раньше, тем лучше.

Я лежу и пытаюсь понять, что же это за чудесная страна такая, в которой врачам круглые сутки есть дело до таких, как я?

МЛАДШАЯ

Увидев появившуюся в моей комнате сестрёнку, я сразу же бегу к ней, вот теперь она мне всё расскажет, а то я уже ничего не понимаю! Она меня сразу же обнимает, потому что я прыгаю вокруг неё. Прыгать так классно, жаль, что только во сне я и могу теперь это делать. От этой мысли становится грустно.

— А ну не грустить! — командует Маша. — Ты ещё попрыгаешь, потому что есть секрет.

— А какой? — удивляюсь я, пытаясь представить себя прыгающую не только во сне.

— Ну, какой же это секрет будет, если я тебе расскажу? — хитро прищуривается она.

Я делаю жалобные глазки, Маша вздыхает и начинает мне рассказывать о том, что существуют такие высокие сапоги, они почти совсем как ноги выглядят. Их надеваешь — и можно даже прыгать. Кажется какой-то сказкой, но я верю сестрёнке, поэтому надеюсь. Но ведь кроме как про ножки, мне хочется много чего узнать, потому что я ничего не поняла из того, что папочка рассказывал, поэтому я наседаю на Машу.

— Мы с тобой по-настоящему родные сестрёнки, — объясняет она мне, а у самой глаза очень грустные. — Твоя мама, папа сказал, она... она и моя мама.

— Она тебя бросила, — киваю я, всё поняв. — Но и меня же хотела, потому что колдун же заколдовал. Наверное, он раньше её тоже заколдовывал?

— Наверное, — улыбается она мне. — Нас сейчас

оперируют, чтобы тебе не было так больно, а мне... Чтобы я могла чувствовать, когда сижу, понимаешь?

— Понимаю... — отвечаю я и задумываюсь. — Сейчас тут переделывают то, что там сделали?

— Да, маленькая, — кивает она мне.

Маша рассказывает мне, что «там» всё сделали неправильно, но, наверное, не просто так, потому что, получается, что нас с ней хотели на запчасти разобрать. Я не сразу понимаю, а когда сестрёнка подробно рассказывает, начинаю плакать. Не потому, что меня разобрать хотели, а потому, что колдун, наверное, решил меня продать по кусочкам другим колдунам. Это очень страшно, когда знаешь, что тебя хотели просто разрезать и продать, как курочку...

Папочка спас меня не просто от тоски и боли, он спас меня от чего-то намного более страшного. И Машу спас. Теперь у нас всё будет хорошо, потому что папочка победит всех страшных чёрных колдунов. Их просто больше не будет, а нам они не страшны, потому что мы в другой стране. Здесь не хотят мучить и не делают больно, а ещё, оказывается, совсем-совсем запрещено бить детям попу! И никто этого не делает... «Там» тоже было запрещено, но это никого не останавливало, а тут, оказывается, останавливает!

Мне очень трудно перестроиться, потому что сестрёнка рассказывает такие вещи про «там»... Кажется, что здесь будет то же самое, но пока всё говорит о том, что мы в безопасности, дома. Но вот что теперь будет, я не знаю, а сестрёночка уверенно говорит, что теперь всё будет хорошо, и я ей верю. Это же Маша! Она не может ошибаться!

Я просыпаюсь медленно, как будто не желая этого. У

меня совсем-совсем ничего не болит, что, конечно, необычно, потому что в прошлый раз болело же сильно. Маша плакала тогда почти без остановки, значит, очень больно было, а мне сейчас нет. Интересно почему?

Стоит мне открыть глазки, и я вижу улыбающуюся мамочку. Я знаю, что сейчас и сестрёнка проснётся, поэтому медленно поворачиваю голову в её сторону, чтобы увидеть сонные глазки моей Машеньки. Той, которая спасала меня днём и ночью, которая согревала и утешала, когда было грустно или плохо... И когда я не понимала, что происходит, тоже.

Приходит папочка, а с ним два доктора, и тут выясняется, что сестрёнке не только спинку поправили как смогли, но и сердечко. И моё тоже, потому что у меня там какая-то бяка была, только она спрятанная была, поэтому её никак не могли найти. Но теперь я перестану неожиданно засыпать, а сестрёнка не будет так сильно бояться, потому что это сердечко говорило, что ему плохо, а теперь будет хорошо, вот.

Нам нужно полежать тут несколько дней, а потом нас с сестрёнкой домой отпустят, где мы тоже полежим и позанимаемся, чтобы после каникул отправиться в школу. Скоро Новый год же! Я и забыла совсем о том, что Новый год скоро! Интересно, а как он празднуется тут? Хотя, наверное, я все подарки уже получила, но хочется праздника, чтобы радость и надежда... Чтобы улыбающиеся родители... Очень-очень хочется!

— Папочка, а почему мне не больно? — спрашиваю я его. — Ну, должно же, если операция была?

— Нет, доченька, — качает папа головой. — Больно быть не должно, и мы постараемся сделать так, чтобы больно больше не было.

— Я умерла и попала в сказку... — тихо говорит сестрёнка, но я хватаю её за руку, чтобы показать, что она живая.

— Ты не умирала, доченька, — грустно улыбается ей мамочка. — Просто теперь тебе не надо быть сильной и противостоять всему миру. Ты наш ребёнок, малышка, девочка, а детям больно быть не должно.

— Ребёнок... — шёпотом повторяет сестрёнка. — А можно я поплачу?

— Можно, — кивает папочка. — Но немного, потому что тревожить сердечко пока не нужно. Мы тебя вылечили, конечно, но пока осторожно...

Тут оказывается, что уже утро и скоро будут кормить, потому что это воды нам можно понемногу, а кушать не запрещено, и как раз даже нужно покушать, чтобы у тела были силы для восстановления. Скоро же Новый год, надо успеть вылечиться, чтобы радоваться ему. Пусть даже в коляске, но всё равно можно же радоваться! Поэтому я буду очень-очень стараться выздороветь, потому что радоваться и праздновать очень хочется!

Жаль, что моя мама бросила Машу, когда родила её... Но, если так подумать, она же и меня бросила... Поэтому я буду послушной девочкой и буду думать, что им там хорошо, а у меня есть мамочка и папочка. Папа Серёжа был всегда рядом и помогал мне, и сидел со мной, и всегда-всегда прилетал, как только мог. Он очень заботливый, настоящий папочка, вот!

Алёнка говорит, что нам с сестрёнкой скучно же просто так лежать, поэтому мы сейчас занимаемся немецким. На картинках она называет слова, а мы повторяем за ней, сначала я, потом Маша, потому что так правильно, а она нас поправляет, чтобы потом поиграть в слова. Мы говорим слово по-русски, а она его же — по-немецки, а потом наоборот, и это очень весело, просто очень-очень!

Наверное, хорошо, что всё случилось так, хоть и грустно иногда, но у меня есть две сестрёнки, и семья есть, и меня точно никогда-никогда больше не бросят!

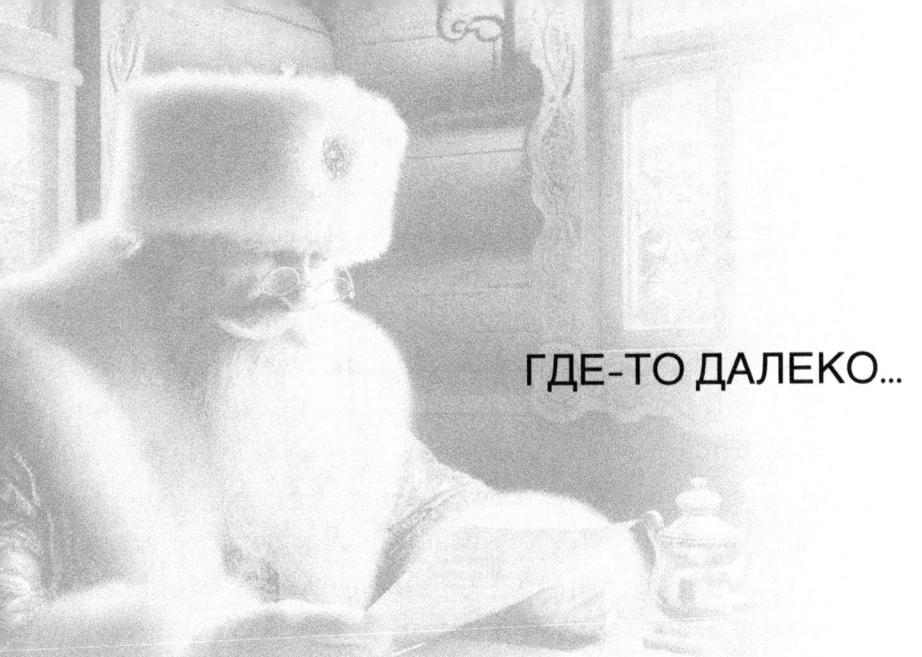

ГДЕ-ТО ДАЛЕКО...

КАНЦЕЛЯРИЯ ДЕДА МОРОЗА

Деда Мороза что-то беспокоило. То ли дело было в странном письме от западного коллеги Санта-Клауса с вопросом о передаче сведений, то ли в куда-то пропавшем посохе, то ли в странном поведении Снегурочки. Западный коллега сформулировал письмо довольно странно, фраза «достаточно мучить детей» вызывала, как минимум, непонимание. Привычки именно мучить детей Дед Мороз за собой не знал, а потому решил для начала поговорить со Снегурочкой.

— Внученька, — ласково начал дедушка, чтобы потом продолжить более строго, — ты ничего не хочешь мне сказать?

— Ну... — девочка, на вид лет двенадцати, отвела взгляд, выдавая тем самым себя с головой.

— Я бы хотел узнавать новости всё-таки не от Санта-Клауса, а от тебя, — строго, но устало произнёс Дед Мороз.

— Ну, я пыталась смягчить... — промямлила Снегурочка, исполняя универсальный жест защиты от наказания.

Дальнейший допрос показал достаточно странную картину, в которой Дед Мороз с ходу разобраться не смог. Но приказав привести к себе стажёра, заварившего эту кашу, дедушка принялся разбираться в произошедшем. С одной стороны, выходило, что юный помощник украл посох, чтобы нашалить, но, с другой, всё выглядело совсем иначе. Вот только новогодним сотрудникам запрещалось лезть в дела людские с незапамятных времён, а тут...

— Малышку должны были убить, — объяснял помощник, всхлипывая, потому что размер «награды» за самоуправство представлял. — Жалко же, вот я её сестру...

— Значит, влез в дела людские, спасая детей... — задумчиво пробормотал Дед Мороз, в своё время совершивший то же самое.

— Не было воздаяния за нарушение! Не было! — выкрикнула Снегурочка. — Значит, правильно всё!

— Правильно, — кивнул старик, кусая бороду.

На этот раз люди сотворили нечто, совсем уже выходящее за грань добра и зла, но вот результат Деду Морозу не нравился. Девочки выжили, хотя по всему выходило, что не должны были, но сделанного не вернуть, а раз не было воздаяния, то, значит, на то была воля сил намного более высших, чем дух Нового Года. Но и оставить всё так...

— Чего ж ты им не вернул ноги? — поинтересовался Дед Мороз.

— Я пытался, но не получилось, — вздохнул помощник, вытирая глаза.

— Ладно, я займусь этим, — произнёс волшебный старик.

Он смотрел в шар, полный снежинок, не понимая, как люди допустили подобное непотребство. А в шаре десятки людей в специфической униформе преследовали и арестовывали других и даже иногда стреляли. Эти другие захотели много денег, ради которых организовали целую «паутину», чтобы продавать... детей. Это было невообразимо, хотя Дед Мороз, разумеется, видел и не такое за сотни лет. Но каждый раз, встречаясь с подобным, он думал о том, как же это тяжело...

Перед глазами старика вставали измождённые дети, просившие вернуть мамочку или братика, а некоторые — забрать их самих, но вопросы жизни и смерти были не в его власти. Перед ним вставали серые стены, воздвигнутые захватчиками, сквозь которые прохода не было. Перед ним вставали умирающие от страшных болезней дети, которым он не мог дать ничего.

Кажется, так просто: подарки — хорошим детям, и ничего — плохим... Но иногда было так сложно понять... Юный помощник сделал всё довольно коряво, но правильно — он спас жизни двум девочкам, позволив людям увидеть, какой кошмар творится у них прямо под носом. Какой ужас они допустили своим невниманием. Но малышки заслужили прощальный подарок от Деда Мороза, ведь теперь они в совсем другой земле. Об этом подарке стоило договориться.

И Дед Мороз вышел из избы, в которой остались думать над своим поведением юные чистые души. Всё-таки воровать посох было неправильно, поэтому обоим было над чем подумать. А Дед Мороз уселся в сани, подав команду оленям. Следовало отправиться к Санта-Клаусу, всё-таки дети теперь были на его территории. И дело было даже не в этической стороне вопроса — просто на Западе законы Нового года работали немного иначе, именно поэтому основным праздником там было Рождество.

Санта-Клаус будто ждал своего восточного коллегу. Улыбаясь, он пригласил Деда Мороза в дом, угостив чаем с конфетами, и лишь после этого поинтересовался, какими судьбами. И волшебный старик принялся рассказывать коллеге историю двух девочек. Дед Мороз знал, что Санта-Клауса мало что может разжалобить, но давить на жалость он и не хотел. Просто желалось ему предложить прощальный подарок.

Санта-Клаус не был коренным обитателем этой части света, его привёз другой народ, но так уж получилось, что главным здесь стал он. Внимательно выслушав восточного коллегу, он только кивнул.

— Имеет смысл, — ответил западный служитель Рождества. — Тогда ты вернёшь младшей ноги, старшей — возможность ходить, а я сделаю так, чтобы все думали, что так и было, только...

— Мало вернуть ноги, надо ещё научить ими пользоваться, — заметил Дед Мороз.

— В этом и проблема, — усмехнулся Санта-Клаус. —

Этому они должны научиться сами. У них есть врачи, нужно только собственное желание, понимаешь?

— Жизнь себе облегчаешь, — усмехнулся Дед Мороз. — Ну да будь по-твоему. Для них всяко лучше, чем совсем ничего... Позволишь мне сказать им?

— Сколько угодно, — хихикнул западный коллега.

До новогодней ночи, долженствующей принести чудо во многие семьи, ещё оставалось достаточно времени. Ещё не зажглись огоньки, не был набит подарками мешок. Ещё хныкали Снегурочка и юный, пока безымянный помощник, не понимая, что на самом деле, несмотря на то что нарушили кучу правил и законов, они поступили совершенно правильно. Поэтому, собственно, и не было высшего наказания.

До новогодней ночи оставалось достаточно времени, поэтому не получившие заслуженной трёпки Снегурочка и её юный кавалер удивлялись, что Дед Мороз их совсем не хвалил за посох, но хвалил за всё остальное. Девочка, прожившая не одну сотню лет, оставалась всё такой же девочкой — весёлой егозой, готовой нашалить, но вот в этот раз их шалость была правильной, о чём Дед Мороз и рассказал своим юным помощникам, изрядно обоих ошарашив.

— Но если ещё раз вы мне такое учудите! — он многозначительно потряс посохом.

С посоха, блеснув искрой на солнце, сорвался петушок на палочке, выдавая истинные мысли Деда Мороза. Снегурочка и её кавалер, увидев это, заулыбались, а волшебный старик только вздохнул: дети есть дети!

ОСОБАЯ СЛЕДСТВЕННАЯ ГРУППА

— Чёрные трансплантологи, товарищ майор, — коротко ответил на заданный вопрос член следственной группы. — Не зря Интерпол подключился.

— Но сгнило у нас? — поинтересовался следователь по особо важным делам, майор Заморзаев.

— Сложно пока сказать, — вздохнул его подчинённый.

Полыхнуло в декабре, прямо накануне новогодних праздников. К тому, что по стране шатается интерполовец в поисках дочки, все более-менее привыкли, но вот когда он её таки нашёл, начались такие сказки, что у начальника полиции приморского города звёздочки с погон от страха сами отстрелились. Одно дело — исчезнувшая местная девочка, совсем другим оно представилось совсем недавно — пропали две девочки-инвалиды, на которых местные документы куда-то делись, зато наличествовали немецкие. Ситуация раскалилась моментально, вовлекая и органы госбезопасности, договориться с которыми у нехороших людей шансов не было. Это не доктору с семьёй угрожать или подкупить кого, это уже международный уровень.

Как только была подключена особая следственная группа, полезли такие сюрпризы, что следователям и их семьям моментально понадобилась охрана. Будто вновь наступили «лихие девяностые», ибо сеть оказалась огромной, накрывшей собой значительную территорию и протянувшей щупальцы за рубеж, а количество жертв просто вызывало состояние, близкое к ступору.

— Если бы не эти девочки, так бы и не узнали ничего, — вздохнул товарищ майор.

— Да и дети чудом выжили... — напомнил подчинённый.

Два детских дома, включая частный, школа-интернат — всё это находилось в сетях торговцев, поставляющих органы в ещё живых телах. Где надо было — убивали родных ради того, чтобы получить нужное. Но вот основного организатора на территории страны не оказалось. Ниточки тянулись за рубеж. Тут уже была очередь Интерпола, и те вцепились, не сворачивая, уверенно идя по следу. Можно было надеяться на то, что главного паука вскорости возьмут за жабры.

Но кроме сети трансплантологов вскрылись очень нехорошие подробности работы социальных служб, школ, медиков и полиции. Даже тех, кому не платили бандиты, было в чём упрекнуть. Следователь видел глаза спасённых детей... Кроме двух немецких девочек, с которых началось расследование, удалось спасти пятерых мальчиков и семерых девочек. Они были раздавлены потерей близких, но их можно было спасти. Психологи, психиатры, приёмные семьи вполне были способны оживить совсем юных людей.

Одно было непонятно — как эти две девочки, сёстры, смогли сохранить себя. Они вовсе не были раздавлены, хоть и держались друг за друга насмерть. Может быть, именно поэтому и выдержали?

Ответа на этот вопрос у следователя не было, а работы оставался непочатый край. Нужно было выловить всех, разобраться в каждом отдельном случае, найти причины такого попустительства... А пока следователь думал о двух девочках, не сломавшихся после всего того, что с ними произошло. Как они это смогли?

— Так, посмотрим, — пробормотал он, снова открывая дело. — Маша, четырнадцать лет... Искусственно вызванная агрессия, стоп! С такими препаратами она для трансплантации не годится!

Внезапно обнаружив, что именно его беспокоило, следователь резко поднялся. Надо было обработать связи бывших опекунов девочки, чтобы определить, когда и почему ей дали эти не самые простые вещества. Искусственно вызванная агрессия и избиения дома должны были воспитывать недоверие к любому взрослому, вкупе с желанием вцепиться в горло, что резко контрастировало с остальными жертвами.

И началась работа по поиску возможных причин. Выяснить, кто и зачем делал девчонку неподходящей бандитам, было очень важно. По мнению майора, можно было приоткрыть истину, подбираясь ко всей сети с другой стороны. Именно подобраться и было важнее всего, потому что сквозь сито расследования кто-то мог и просочиться, а офицер очень желал вырвать эту заразу с корнем.

Не прошло и недели, был задержан гражданин Синичкин, пытавшийся пробраться в квартиру покойных опекунов девочки. Он профессиональным вором не являлся, поэтому, когда на него надавили, просто «поплыл», принявшись каяться. Слова, после которых хотелось помыться, ложились на бумагу, вызывая желание всех причастных просто расстрелять. На этот раз девочку планировалось использовать для отжимания бизнеса у её биологического отца. Но и после этого ребёнка в покое не оставили бы, и уродов не остановило бы то, что ей всего четырнадцать.

С тоской вспоминались «лихие девяностые», в которые такой бандитизм был хотя бы объясним. Тяжело вздохнув, следователь стал собираться домой. Осталось только подчистить концы, взять последних фигурантов, причем этих — не выдержавшими мук совести, только выяснить сначала адрес подпольного борделя и «так получилось». В суровость Фемиды к тем, у кого есть деньги, майор верил с трудом, потому иногда брал на себя роль и прокурора, и судьи. Это было не слишком законно, но, по его мнению, правильно.

А где-то очень далеко две девочки старались забыть своё прошлое, как страшный сон. Их совсем не интересовал тот факт, что они стали жертвой бандитов, и что не все люди такие. Они с опозданием вступали в своё детство, готовясь прожить его таким, каким оно должно было быть, если бы не бандиты и убийцы. Эта страница жизни малышек была перевёрнута.

НОВЫЙ ГОД

СТАРШАЯ

Домой нас выписывают тридцать первого декабря! У нас ещё не всё зажило, даже швы ещё есть, но папа договаривается, чтобы отпустили домой под его ответственность, чтобы мы могли встретить Новый Год дома, и ему идут навстречу. Нас выписывают, сажают в папину машину. У него большая машина, по-моему, чуть поменьше микроавтобуса, но двери так же открываются — вбок. А для Машеньки даже специальное детское кресло есть, оно стоит сзади по центру. Справа от неё я сижу, а слева — Алёнка.

И вот от больницы машина едет, наверное, час домой. Дом у нас на шесть квартир, он трехэтажный, стоит неподалёку от автобусной остановки и весь укрыт зеленью — мне фотографии Алёнка показывала. Сейчас он, конечно, снегом укрыт. Машина поворачивает и ныряет куда-то под землю, малышка только взвизгнуть успевает.

Оказывается, гараж тут подземный. Папа заводит машину на место, а потом достаёт коляски и пересаживает нас в них. А вот потом вдруг выясняется, что в трехэтажном доме есть лифт! В обычном трехэтажном доме! Это выглядит совершенно невероятно, Машенька тоже удивляется, а я просто поражена. Ощущение, что в сказку попала, хотя у меня это ощущение в последнее время совсем не проходит.

— Маши, вы, наверное, в одной комнате жить захотите? — не очень уверенно спрашивает папа. — У нас есть комнаты для каждой, но...

— Я с сестрёнкой! — сразу же заявляет младшая. — Не надо отдельно... — жалобно просит она.

— Боится маленькая одна, — объясняю я, потянувшись, чтобы погладить её, а потом тихо добавляю: — И я тоже...

— Не надо страха, — очень ласково улыбается нам мама. — Мы так и думали.

Оказывается, пока нас лечили, родители обставили для нас спальню, хотя вроде бы из больницы почти и не отлучались. Мы медленно въезжаем в нашу комнату. Я оглядываюсь: зеленоватые такие обои, приятные глазу, в тон к ним шторы на окне, два шкафа, рядом стоящие кровати с какими-то висящими ручками, стол, даже стулья — всё это навевает ощущение теплоты и уюта. Ой, столик такой с зеркалами, кажется, трельяж называется, только я не уверена. Вот именно он говорит о том, что тут живут не просто дети, а девочки!

— Как красиво... — шепчет младшая, а я, кажется, уже плачу. Потому что сравниваю это чудо с тем, что было у меня в детстве... Продавленный старый диван, обшарпанный стол и видавший виды шкаф не идут ни в какое сравнение с этим великолепием. У младшей-то комната была не хуже, но я думала, это из-за богатства родителей. Надо будет узнать о финансовом положении семьи. В смысле, о чём можно мечтать, а о чём нет, но это потом когда-нибудь.

Младшая спрашивает о кроватях, и тут мамочка начинает нас учить пользоваться всей этой машинерией. У каждой кровати есть кнопка, и в ванной, и в туалете — это чтобы мы могли позвать на помощь, если понадобится. Это невообразимо просто! А ещё все эти ручки — они для того, чтобы каждая из нас могла сама лечь в кровать, пересесть из коляски, да и вообще... Родители подумали о том, что нам захочется немного самостоятельности... Это не передать словами, не объяснить, это можно только чувствовать. И мы с младшей налетаем на родителей, чтобы поблагодарить.

Но самое главное — я трусы чувствую, и что сижу — тоже. И даже в туалет... С меня же сняли подгузник и нормальные трусики надеть помогли. Обычные, в розовую и белую полоску, мне они кажутся чудом, просто невозможным чудом. Я могу почувствовать их, могу ощутить, как они прикасаются к коже — почти забытое ощущение. И много ещё могу сверх того почувствовать, отчего хочется плакать, потому что эмоции просто просятся наружу.

Врачи, по-моему, сотворили чудо — я не чувствую ног, конечно, но зато всё остальное отлично ощущаю! А ещё мамочка очень удивилась, узнав, что у меня не было тех самых дней, которые уже у всех были, только у меня нет. Ещё в больнице меня осматривали... ну в междуножии... и сказали, что сильно меня не повредили, когда били, а не было дней из-за каких-то таблеток, от которых я становилась злой. Теперь таблеток нет, поэтому эти дни придут, и к ним надо быть готовой. Мамочка объяснила мне всё ещё в больнице, поэтому я знаю, где лежат прокладки и что делать, когда больно. А больно, скорее всего, будет, потому что били в детстве. Правда, как это связано, я не понимаю.

Но самое главное, что меня ставит в тупик, — игрушки. Куклы... Я сначала думаю, что это только для младшей, но мамочка говорит: «Ваши куклы». Как так — наши? Ведь мне уже не положено, я же большая... Или нет?

— Игрушки, доченька, нужны людям в любом возрасте, — вздыхает мамочка. — У взрослых они свои, у детей — свои. Вот тут у нас мягкие игрушки...

И я вцепляюсь в большую мягкую пушистую собаку темно-коричневого цвета с белым треугольничком на груди и белыми лапками. Я в неё просто намертво вцепляюсь, обнимая, а рядом сестрёнка делает то же самое с огромным просто медведем. Некоторое время мы обе потеряны для окружающего мира, при этом мамочка понимающе кивает.

Да, мы есть друг у друга, но иногда мне просто хочется зарыться носом во что-то мягкое и пушистое, да и младшей тоже хочется, я же знаю. А мамочка говорит о том, что это правильно. Но тут я вспоминаю — надо ёлку украшать, напоминаю об этом младшей, и мы с сожалением покидаем нашу комнату.

— Нравится? — интересуется папа, с интересом нас разглядывая.

Ну, мы же прямо с игрушками въезжаем в гостиную, а

глядя на Машеньку, ощущение такое, что медведь едет, а не девочка — он же огромный!

— Просто чудо, — честно отвечаю я. — А мы ёлку наряжать будем?

— Конечно, — кивает папочка. — Нарядим ёлку, пока варится и жарится всё, а потом будем и праздновать.

— И... и я? — тихо спрашивает моя младшая, с надеждой глядя на папу.

Я помню, она новогоднюю ночь не встречала, хотя младшенькой, конечно, очень хотелось. Но празднование для неё откладывалось на утро, а родители встречали всегда сами. Не знаю, насколько виноваты они в той аварии, папа сказал, что там и с машиной могло быть не всё хорошо, но я же видела не только тот день... Папа, сказавший Машеньке о том, что однажды бросит её. Мама, ходившая «налево» и, видимо, не в первый раз, учитывая, что я была сиротой. В общем, сложно это всё, но у Машеньки было счастливое детство, а теперь и снова будет, ведь ноги — не главное, главное — отношение, а нас обеих любят, несмотря даже на то, что мы не такие, как все. И особенными называют ещё, значит, детство продолжается, а у кое-кого только начинается...

МЛАДШАЯ

Комната у нас просто волшебная! Мне она очень нравится, а ещё — медведь! В точности такой же, как у меня был, вот! Я думала, я его насовсем потеряла, а он тут, меня ждёт. Это точно тот самый медведь, он даже пахнет так же. Я знаю, это папочка его спас для меня, он спас меня с сестрёнкой и медведя ещё. Папочка всё-всё может!

А ещё родители сделали для нас так, что мы теперь можем что-то делать сами... Я сама могу из кровати в коляску попасть! Это такое чудо, так здорово, что просто не сказать как. Но долго сидеть в комнате нам некогда, потому что нас же ёлочка ждёт, она совсем не наряженная, я даже спрашиваю, почему она не наряженная.

— Потому что наряжать её надо всей семьёй, — отвечает мне мамочка. — А две наши младшие доченьки были в больнице, вот она и подождала вас.

Ну, тут мы с сестрёнкой, конечно, расплакались, потому что это почти невозможно же — нас ждали, не наряжали ёлку, чтобы сделать это всем вместе. Хотя и в прошлом я с родителями всегда наряжала, ну, кроме того раза, когда заболела. Родители тогда сами ёлочку нарядили, чтобы Новый год не пропустить.

— А если бы мы не успели до Нового года? — спрашиваю я, потому что интересно же.

— Тогда бы ёлочка была не наряженной, — хихикает Алёнка. — Вместе — это вместе. Всегда!

И вот после этого я присоединяюсь к Маше, чтобы поплакать, потому что такое просто же невозможно. Ну, чтобы наряжать ёлочку всем вместе и ждать, если кто-то не может... Наверное, папа и мама просто такие необыкновенные, как ангелы, нам их послали с неба прямо. Ну, чтобы я не плакала, наверное, и чтобы сестрёнку любили, ведь она же просто чудесная.

Когда мы заканчиваем со слезами, то оказывается, что

для наряжания всё готово, поэтому мы с Машей начинаем снизу, а Алёнка с мамой и папой — сверху, договорившись встретиться на середине ёлочки. Я помню, что внизу надо вешать то, что потяжелее, а вверху — что полегче, и рассказываю это Маше, ну, сестрёнке, потому что у неё ёлочки никогда не было. Ну вот так получилось у моей любимой сестрёночки, поэтому для неё многое внове, когда своими руками наряжать, а не смотреть, как я наряжаю.

А потом папа поднимает меня, чтобы я верхушку насадила сверху, и после этого ёлочка, такая нарядная, готова. Она блестит дождиком, на ветках у неё искусственный снег из баллончика и две гирлянды переливаются — это очень-очень красиво и сразу так празднично и весело! Я смотрю на ёлочку, вспоминая прошлый Новый год, и понимаю — впереди меня ждёт только счастье, даже несмотря на то, что я в коляске, потому что ёлочка мне как будто обещает, что всё будет хорошо, и ничего плохого быть не может.

— Сейчас мама и папа пойдут готовить еду, — сообщает мне Алёнка. — А мы с вами будем фильмы смотреть!

— А какие фильмы? — удивляюсь я, потому что обычно до вечера нужно было тихо сидеть и ждать, когда позовут.

— А вот сейчас увидишь! — задорно улыбается она, подвозя нас к дивану и пересаживая на него.

Наверное, Алёнка решает сделать нам обеим приятное, поэтому включает русские фильмы. «Морозко» я видела, а вот второй фильм, про Машу и Витю, ещё нет. Дома-то больше другие фильмы были — про Гринча, духов Рождества и вот такие вот, а тут совсем другие фильмы. Алёнка говорит, что папочка наш очень любит «советские» фильмы, не знаю, какие это. Наверное, какие-то очень особенные...

Я смотрю на то, как двое детей идут в лес и попадают в руки Бабы-Яги, и рассказываю Алёнке про страшного чёрного колдуна, которому я предложила меня съесть, чтобы расколдовать мамочку. Но он, наверное, недорасколдовал, поэтому отъел от меня совсем немного. Самая старшая сестрёнка обнимает меня и Машу и гладит нас. Она молчит, но так тепло гладит, что это лучше всех слов на земле.

Мы смотрим новогодние фильмы, где всё хорошо заканчивается, от которых мне хочется думать, что и я всё смогу, потому что папочка же просто волшебный, и он что-то обязательно придумает. А ещё... а ещё... а ещё...

Ещё мне можно со всеми Новый год встречать! Не «утром отпразднуем», а встречать, прямо как взрослые! От этой новости я визжу, потому что счастье же! Мамочка и папочка меня гладят, и Маша тоже, и Алёнка. Они все понимают, почему я такая радостная, поэтому гладят и подтверждают, что да, можно. Почему-то именно сейчас мне очень важно вместе со всеми встречать Новый год. Может быть, это потому, что мне показали — мы всё делаем вместе? Я не знаю ответа на этот вопрос, но, наверное, он не важен, потому что это же Новый год!

Потом мне нужно немножко поспать, чтобы я за столом не уснула. И Маша тоже идёт со мной спать, чтобы за компанию. Алёнка заходит с нами в комнату, чтобы, если что, помочь, но ручки и петельки такие удобные... Я сама справляюсь! А Маше помощь нужна с непривычки, и Алёнка ей помогает, а потом мы засыпаем, чтобы встретиться в моей старой комнате.

— А давай тут переделаем в нашу комнату? — предлагаю я сестрёнке.

— Давай! — улыбается она мне.

Мы начинаем переделывать... Я в последний раз прохожусь рукой по побледневшим, будто ставшим полупрозрачными игрушкам, шкафам и кровати, а затем всё исчезает, и мы начинаем вдвоём делать так, как у нас сейчас в спальне. Появляются шкафы, тумбочки и кровати... Странно, я так и не спросила папу, что случилось с моими прежними вещами, ну, теми, которые в старой квартире остались. Надо будет, наверное, спросить как-нибудь потом...

Мы едва успеваем закончить, как нас будят, потому что пора садиться за стол. Уже одиннадцать ночи, оказывается! Алёнка помогает мне надеть красивое платье, оно светло-голубое, со звёздочками блестящими, а Маша тоже получает платье, только зелёное, которое к её глазам подходит, — так мамочка говорит.

— Ты такая красивая! — говорю я Маше, а она смотрится в зеркало и опять плачет. А почему она плачет, я не знаю, мне плакать совсем не хочется.

— Ты тоже очень красивая, — улыбается она сквозь слёзы.

— А почему ты плачешь? — интересуюсь я у неё, но отвечает мне Алёнка.

— Это эмоции, — говорит она. — Маше очень нравится платье, вот у неё и эмоции, понимаешь?

Я понимаю, потому что у меня такие же эмоции бывают.

Но нас ждут, поэтому мы все такие нарядные оказываемся за праздничным столом. Тут много еды — салатики, бутербродики, нам с Машей наливают шампанское! Детское, из раскрашенной бутылки, но шампанское же, как взрослым! И папа берёт бокал, говоря тост о том, что пусть уходящий год все горести заберёт с собой, а радости оставит. И я тоже этого очень хочу... Очень-очень!

ПОДАРОК ДЕДА МОРОЗА

СТАРШАЯ

Мы сидим за праздничным столом... Никогда ранее не испытанное ощущение будоражит и беспокоит, потому что кажется сном. Кажется, мне всё это снится, потому что в реальности такого не бывает... Вернее, не бывало, а теперь будет всегда, потому что так говорит папа. С каждым днём, с каждым часом я всё больше принимаю маму и папу, как будто они мои родные. Как будто всё, что было раньше... Я была в плену у плохих людей, а вот только сейчас вернулась домой, к мамочке и папочке.

— Без пяти, — улыбается папочка. — У всех налито?
— У всех! — весело отвечает Алёнка.

А вот потом происходит что-то невозможное, по-моему. Папа берёт на руки Машеньку, давая ей бокал в руки, а меня поднимает на ноги мамочка — обхватывает за талию и поднимает. Все встают и ровно в двенадцать... Это так сказочно! Что-то я много плачу в последнее время...

Часы бьют полночь, соприкасаются бокалы, мы все отпиваем напитки и улыбаемся, потому что сказка просто волшебная получается. Потом меня усаживают, папа уже готовится что-то сказать, но тут в комнате появляются двое. Ой, Дед Мороз... Не надо меня забирать! Ну пожалуйста! Не надо! Я же уже хорошая!

— Не надо так пугаться, дитя, — просит меня Дед Мороз, а второго мужика рядом с ним я не узнаю. Это же не Снегурка пол сменила?

— Никто тебя не заберёт, — мягко говорит дед, улыбаясь в белую бороду.

Я плачу от пережитого ужаса, меня обнимают все, а я не могу остановиться, потому что испугалась же сильно. Я не хочу без малышки и без родителей. Не хочу совсем! Я, можно сказать, только-только жить начала, а не то, что было...

— Познакомьтесь, кстати, это — Санта-Клаус, — сообщает нам Дед Мороз. — Вы переехали в его земли, так что мы с вами видимся в последний раз.

— Вы кто, гость незваный? — тактично интересуется папочка.

— Это Дед Мороз, папочка, — всхлипывая, отвечаю я. — Ну, настоящий...

— Настоящий так настоящий, — пожимает плечами наш ничему не удивляющийся папа. — С чем пришли?

— Ваши младшие дети через многое прошли, — начинает Дед Мороз. — Старшая изменила свой взгляд на жизнь, младшая не сломалась, поэтому мы бы хотели сделать им подарок.

— Я так полагаю, дело не только в этом, — усмехается мамочка.

— Дело не только в этом, — кивает Санта-Клаус. — Но это сейчас неважно.

— Мы решили, что вы достойны того, чтобы получить подарок... — Дед Мороз стукнул посохом о пол, что-то ярко-ярко вспыхнуло, и...

Младшая вдруг начинает визжать, я пугаюсь за неё так, что резко встаю с коляски, чтобы броситься на помощь... Я встаю?! Я стою! Ноги подгибаются, и, потрясённая, я падаю обратно в коляску, но я их чувствую, и я... Я только что стояла! Не понимая, что происходит, ощупываю ноги и начинаю плакать, потому что они у меня есть! Я их чувствую, а подняв взгляд вижу, что и у младшей есть ноги! Настоящие!

Спустя мгновение мы ревём вдвоем так, как будто хотим выреветь всё прошлое, интернат, коляски и приговор... Малышка тянется ко мне, мы обнимаемся и в голос плачем от произошедшего. У нас есть ноги! Ноги есть! Мы сможем ходить! Мы...

Родители, и сами потрясённые, тем не менее обнимают нас, пытаясь успокоить, но всё тщетно. Периодически наш плач сменяется улыбками сквозь слёзы, а затем мы снова плачем навзрыд — просто не можем остановиться, а Дед Мороз и Санта-Клаус просто смотрят на нас. Они сотворили огромный, самый большой подарок в моей жизни — малышка будет ходить, и бегать будет! И я буду... Успоко-

СЕСТРЕНКА ИЗ СНА

иться хоть как-то удаётся не сразу. Санта-Клаус что-то говорит родителям, после чего эти двое исчезают, а мы продолжаем плакать в руках старшей сестры и родителей. Я никогда раньше так не плакала, как сегодня, я громко рыдаю, как маленький ребёнок, от этого освобождения — ведь я теперь смогу защитить мою младшую в школе!

— Ну всё, всё, мои хорошие, не перенапрягайте сердечки, — просит нас плачущая мама.

Я понимаю — она плачет от счастья за нас. Мама счастлива оттого, что мы будем ходить. И это ещё более волшебно для меня, чем даже обретённые ноги. Чуть успокоившись, я прижимаю к себе младшую, понимая, что всё позади — и унижения, и боль, и даже страх того, что в школе будет плохо. Всё позади, а впереди у нас — только счастье.

— А что сказал Санта-Клаус? — спрашиваю я сквозь слёзы.

— Он сказал, что все будут думать, что так и было изначально, — отвечает вытирающий глаза папочка. — Вам обеим сделали операцию, и теперь вы сможете ходить. Не сразу, но сможете.

— А почему не сразу? — не понимаю я.

— Ноги нетренированы, — объясняет папа, вздыхая. — Их надо потренировать, ваши сердца надо научить снова держать нагрузку, понимаешь?

Я понимаю — ноги нам вернули, но они же новенькие и не ходят сами, надо их научить ходить. Значит, мы будем учиться ходить. Но теперь я могу встать, значит, если что, защищу мою малышку. А Машенька ощупывает ножки, гладит их, шевелит пальчиками — и плачет, плачет, плачет...

Я её очень хорошо понимаю, снова ощутив свои. Почувствовав пол под ногами, я теперь уже очень хочу встать, но понимаю, что нужно время...

— А долго? — интересуюсь я у папы.

— Месяца два-три, — вздыхает он. — Возможно быстрее, но я бы не советовал, потому что чудеса чудесами, а торопиться не следует. Далеко поначалу вы ходить не сможете, поэтому покатаетесь в колясках.

Что же, два-три месяца и вся жизнь — это разные вещи. Я точно потерплю, да и младшая потерпит, поэтому расстраиваться нечего. Надо праздновать, потому что сейчас у нас точно есть что праздновать, и это не только Новый год. Это наши новые ноги, наша жизнь, потому что быть неходячими очень грустно. И младшая плакала, глядя на то, что от ног осталось...

— А теперь, если вы наплакались, все за стол! — зовёт мамочка. — Надо восполнять потерю жидкости.

Это она так шутит, при этом я не понимаю поначалу, что она имеет в виду, а Алёнка объясняет мне, что после такого слезоразлива надо больше пить. Я выслушиваю и киваю, потому что согласна. Господи, я снова чувствую ноги! Почему Дед Мороз решил нам помочь, я не знаю, но мне это и неважно. Главное же, что теперь точно всё будет хорошо!

Мы садимся за стол, накладываем салатиков и встречаем Новый год. Мы празднуем улыбаясь, потому что всё плохое закончилось, а теперь будет только хорошее. Впереди у нас год, за который нам предстоит выучить новый язык, научиться ходить и узнать, чем Германия отличается от покинутой нами страны. Нам предстоит обрести новых друзей и, надеюсь, не получить новых врагов, потому что врагов нам пока хватило, больше не надо. Хочется покоя...

МЛАДШАЯ

Дедушка Мороз сначала сестрёнку напугал — ну, она же раньше была плохой девочкой, но теперь она же хорошая, значит, нечего пугаться. Она это тоже поняла и не пугалась больше, а потом он ударил палкой о пол и... У меня появились ножки! Я же у мамы на руках сижу, поэтому сразу вижу, как хлоп — и ножки! И я визжу изо всех сил, потому что... Ну ножки же!

Потом мы плачем вместе с сестрёнкой, громко-громко, но нас за это не ругают. Ведь ножки же! И сестрёнка уже свои чувствует, поэтому мы вместе плачем так сильно. А мамочка и папочка обнимают нас, и Алёнка ещё, обнимают так ласково, так тепло, что я от этого плачу ещё сильнее, потому что, получается, я буду прыгать? Папочка точно как-то уговорил Деда Мороза и сделал так, чтобы тот подарил нам ножки! Я точно знаю, это папочка уговорил его, потому что он может всё-всё!

И мы плачем, а потом уже, когда я устаю плакать, меня сажают за стол, чтобы покушать и водички попить, а то нечем плакать будет. Хотя больше плакать, наверное, не хочется. Наоборот, хочется улыбаться — всё хорошо же вдруг стало, даже лучше, чем хорошо... Мы кушаем салатики и запиваем сладким шампанским. Детским, но шампанским же! А я будто не здесь нахожусь, всё никак не могу прийти в себя и щупаю ножки — не пропали ли. Но они тут — тёплые, настоящие, мои! Слабые совсем, но папочка обещал это поправить. И я ему очень-очень верю, только теперь мне, наверное, тоже помощь нужна будет, чтобы одеться?

Когда встреча Нового года заканчивается, я уже зеваю, даже тортик поесть не могу, потому что очень спать хочется. Как будто чем-то тяжёлым придавило, даже немножко страшно стало, а мамочка говорит, что не надо пугаться, потому что вечер был очень «эмо-цио-нальным», и я устала. И сестрёнка, которая Маша, тоже устала, потому что мы наплакались же...

Нас отвозят в нашу комнату, чтобы уложить спать. И мамочка, и папочка, и Алёнка отвозят. Мамочка и старшая сестрёнка помогают переодеться, потому что нужно спать в пижамке, ну или в ночной рубашке. Так мамочка сказала, значит, так правильно. Нас переодевают, сестрёнку отдельно, меня отдельно. С сестрёнкой нужно осторожно, потому что она без трусиков пугается сильно, но, получив штанишки, успокаивается, а я не пугаюсь, потому что меня не били, меня сестрёнка от всего-всего защитила.

А потом папочка садится на стул и начинает петь. У него голос очень приятный и усыпляющий, а он поёт о птичках, дракончиках и пегасах. Он мне всегда на ночь пел, когда с нами жил и за мной смотрел, я помню. Поэтому я быстро засыпаю, чтобы сразу же оказаться в объятиях сестрёнки. Наверное, то, что мы друг другу снимся, — это подарок от Деда Мороза. Спасибо ему и за ножки, и за сестрёнку.

— Значит, мы теперь будем ходить? — спрашиваю я Машу. — По-настоящему?

— Да, маленькая, — кивает она мне. — Только в школе ещё немного надо будет в коляске, но, если что...

— А это такая же школа, как была «там»? — интересуюсь я, потому что не хочется же. До сих пор холодно, как вспомню.

— Нет, Алёнка же говорила, — напоминает мне сестрёнка. — Только как бы не обидели тебя... И у нас с тобой классы разные...

— Я потерплю, — обещаю я ей. — Без тебя страшно будет, но я потерплю, вот честно-пречестно.

— Всё хорошо будет, — гладит меня Маша. — Я верю папе, а он нашу историю знает.

Я тоже очень-очень верю папочке, хотя мне очень интересно, что с нами будет, но я буду терпеливой девочкой и очень-очень послушной. Вот обещаю, что буду, потому что у меня самая-самая лучшая на свете семья. А Новый год получился вообще таким волшебным, что просто слов нет, чтобы рассказать, какой он волшебный. Я, наверное, и не смогу рассказать.

А потом я просыпаюсь. Через окно видно, что на улице лежит снег, а в окно светит солнце. И радостно так, как никогда ещё, кажется, не было. Повернув голову, я улыбаюсь сестрёнке, смотрящей на меня с такой любовью, что я в ней просто растворяюсь, наверное.

Мы встаём сами, потому что ручки и петля над кроватью очень удобные, а потом пытаемся переодеться, но у меня сразу же проблема — ножки слабые, и не получается ими попадать, куда хочется, хоть так иди. Но так я, наверное, не пойду, поэтому нажимаю кнопочку. Открывается дверь, и в нашу комнату входит мамочка.

— Уже проснулись? — спрашивает она нас. — Какие вы молодцы!

Мамочка помогает нам одеться — сначала мне, а потом сестрёнке, пересаживает меня в коляску, хотя я и сама, наверное, могу, и мы едем умываться. Надо же зубки почистить, чтобы они сверкали, а еще мосю умыть, чтобы она не была сонной. Вот мы и умываемся вдвоём, потом сестрёнка показывает мне, как ехать, и мы выезжаем в гостиную, а там! Там под ёлочкой подарки! Но мы же уже получили свой самый главный подарок! Оказывается, нет... Ой, как интересно!

Я подъезжаю к ёлочке, старшая сестра подвозит и Машу, а потом пересаживает нас обеих прямо на пол. Сестрёнка замирает, будто не знает, что делать надо, а я вспоминаю, что у неё же не было Нового года, она может просто не знать. Поэтому я ей рассказываю, что вот это — подарки, и на них написано, кому они. Я тащу большую коробку к себе, на ней написано: «Для Машенек». Это очень хихикательно, такая надпись. А внутри оказывается кукольный домик! Такой красивый, розовый с белым! И там много чего ещё внутри есть!

Подарков оказывается много. И красивые платья, и шубка с белым мехом, и игрушки, и книжки. А у сестрёнки тоже очень красивая одежда — так же, как у меня, только ей ещё телефон подарили с большим экраном, а мне — часики, но тоже с экраном!

— Это специальные часы, — объясняет мне Алёнка. —

СЕСТРЕНКА ИЗ СНА

Они позволят тебя всюду найти, есть кнопка, чтобы ты могла на помощь позвать, или, если ты упадёшь, то они сами позовут.

— А как же сестрёнка? — интересуюсь я, на что старшая сестра улыбается, рассказывая, что телефон Маши тоже может на помощь позвать, особенно, если его отобрать у неё или на пол бросить.

Подарки такие здоровские, что мы опять плачем. Я не завидую Маше из-за телефона, потому что это же моя любимая сестричка. А мне телефон не нужен пока, потому что у меня Маша есть, а от телефона могут глазки болеть, у меня однажды в прошлой жизни болели, поэтому с тех пор я верю, что рано ещё. Но подарки такие... такие...

— Спасибо-спасибо-спасибо! — благодарим мы хором родителей и Алёнку.

Это очень-очень счастливый Новый год, который я совершенно точно запомню на всю жизнь!

ЗДРАВСТВУЙ, ШКОЛА!

СТАРШАЯ

Сегодня мы едем в школу. В Германии так положено — все ходят в школу, только иногда могут оставить на домашнем, но для этого нужны очень серьёзные причины, которых у нас нет. Мы на реабилитации, значит, выздоровели и готовимся стать «как все». Немного страшно мне, конечно, потому что не знаю, что будет.

С языком нам помог Санта-Клаус. Это выяснилось на следующий день после того памятного посещения нас двумя волшебными дедами, второго января, когда младшая внезапно заговорила по-немецки с папой. Папочка, видимо, по привычке попросил на немецком Алёнку о чём-то, не помню уже о чём, а младшая заявила, что поможет сестрёнке. Тогда мамочка и папочка начали нас обеих расспрашивать, после чего и обнаружилось, что мы получили больше подарков, чем ожидали.

Это и хорошо, и плохо. Хорошо, потому что не будет долгого изучения языка, а плохо, потому что нам с сестрёнкой придётся расстаться. Машенька — в младшей школе, а я — в средней, обычно в Германии это разные школы. Мы уже расстроились, но папочка сказал, что нам нужно в «инклюзивную», а там младшая и средняя хоть и разделены, но это соседние здания, поэтому мы будем рядом. Он очень хорошо понимает нас и вообще, по-моему, волшебник.

И вот сейчас мы собираемся в школу. Школьной формы здесь нет, поэтому я в джинсах, мне так спокойнее, а младшенькая в платье, чтобы в туалет удобнее было ходить, по её словам. Папочка сажает нас в машину, уговаривает не бояться, но мы сцепляемся друг с другом и молчим. Старшая сестрёнка уже ускакала в свой университет, мамочка на работе, а папочка взял отгул, потому что нам первый раз в школу, и он опасается.

Куда едет машина, я не смотрю, уговаривая себя и Машеньку. Мне очень нужно уговорить её не бояться, потому что так она учиться не сможет, а папа обещал, что сестрёнка будет в безопасности. Мы так привыкли быть всегда вместе, что расстаться теперь просто очень сложно, почти невозможно. Но нужно, потому что школа... Поэтому мы сидим обнявшись, а папа только вздыхает.

Остановившись на парковке школы, он высаживает нас, пересаживая в коляски. Нужно расцепляться, но я не могу отпустить сестрёнку, а она начинает всхлипывать. Папа вздыхает, присев рядом с нами, а я не хочу с ней расставаться, потому что вдруг её обидят? Она же маленькая, беззащитная, настоящий ангел! Я буду далеко и не смогу защитить! От этих мыслей мне тоже плачется.

— Что происходит, почему девочки плачут? — слышу я незнакомый мужской голос. Хотя угрозы в нём нет, скорей ласка, но я всё равно сдвигаюсь так, чтобы закрыть младшую.

— Младшие наши девочки привыкли быть вместе, — спокойно объясняет папа. — Поэтому не могут расстаться.

— Понятно, — незнакомец тоже присаживается и обращается ко мне: — Ты почему плачешь?

— Вдруг младшую обидят? — отвечаю ему. — Она же такая хорошая...

— А младшая, насколько я понимаю, — произносит он, — боится того, что обидят тебя... Непросто... Ну-ка, пойдёмте со мной.

Он поднимается, приглашая нас следовать за ним, но мы не можем, потому что плачем. Папочка чуть разворачивает мою коляску, берётся за ручку Машенькиной коляски и пытается нас катить одновременно, что получается плохо, поэтому я отпускаю сестрёнку, чтобы ехать самой. Ведь нас обеих пригласили, значит, мы пока не расстаёмся. Незнакомого мужчину я вижу сзади — короткая стрижка, джинсы, светлая куртка и, кажется, очки. Мы едем в корпус начальной школы, въезжаем туда и доезжаем до какого-то класса.

— Я предлагаю сделать так, — произносит этот незнакомец, видимо, имеющий какую-то власть в школе, учитывая, что с ним все здороваются. — Младшая пойдёт на урок, а старшая девочка подождёт её тут и посмотрит сквозь стекло.

Тут я замечаю, что часть двери стеклянная, значит, я смогу видеть младшую, и ей не будет страшно. И мне тоже. Но у меня же тоже уроки, как с ними будет? Спросить я, впрочем, не успеваю, потому что малышка на такое соглашается, отправляясь в класс. Учительница сразу же помогает ей устроиться, а другие дети... улыбаются Машеньке, что её удивляет.

— А что будет с моими уроками? — тихо спрашиваю я.

— Сегодня ты пропустишь, — объясняет мне этот мужчина, повернувшись лицом. У него действительно очки и усы ещё. И какое-то очень доброе лицо. — А завтра пропустит твоя младшая сестра, она так же посидит с тобой. Убедитесь, что вас обеих ни за что обижать не хотят, и сможете дальше учиться. Для вашего папы сейчас стул поставят, сопровождение вы не оформляли?

— Нет, не оформляли, — качает головой папочка. — Полностью дети только нам доверяют. Наверное, отпрошу старшую дочь из университета.

— Школа вам поможет, — кивает незнакомец. — Ну что, согласна?

— Спасибо... — тихо говорю я, не понимая, кто это и как он сумел так решить всё. Ну, не будет ли проблем потом. — А...

— Я ректор, меня зовут герр Гутмютиг, а вас — Мария, правильно? — улыбается он мне.

Я киваю, не очень понимая, впрочем, что такое «ректор». Но сейчас мне важна младшая. Как она сидит, как смотрит, как начинает робко улыбаться. Машенька поглядывает на меня через стекло, не нервничая, и включается в урок. А учительница... Она с детьми играет! Второй класс, а они играют, при этом моментально взяв Машеньку в свой круг, и спустя несколько минут, она уже общается.

— Папочка, а что такое «ректор»? — интересуюсь я.

— Так директор в немецкой школе называется, — улыбается мне папочка.

Я просто впадаю в ступор. Это — директор? Вот этот добрый, ласковый человек, сразу же предложивший выход, не накричавший, не приказавший, вот он — директор? Настоящий директор школы? Кажется, я действительно в сказку попала, потому что такого директора мне даже представить себе трудно. Но теперь понятна доброта учителей, отсутствие криков, призывов к тишине... Учительница играет со всеми и так же шумит, что-то объясняет, успевая быть везде, а к Машеньке подходит другая учительница... У них в классе не более пятнадцати человек, и двое учителей? Это как?

— Их там двое? — удивляюсь я вслух.

— Конечно, доченька, — кивает папа. — Одна учительница не может за всеми уследить, а твоя сестрёнка нуждается в дополнительном внимании, чтобы ей не было грустно[1].

— Грустно? — я даже не знаю, как реагировать.

Наверное, я действительно попала в сказку, потому что такого просто не может быть! Две учительницы, которым важно, чтобы ученице не было... грустно?

МЛАДШАЯ

Расстаться с сестрёнкой совсем-совсем невозможно, но незнакомый дядя нашёл выход. Целый директор! Но какой-то очень добрый, он сразу же поверил, что мы боимся друг за друга, и придумал, как помочь! Как в сказке... Ну, так не бывает, потому что обычно директор — это очень строгая сердитая тётенька, а тут дядька и добрый.

Меня завозят в класс, я вижу сестрёнку через стекло, и папочку ещё, поэтому совсем-совсем не боюсь. Другие дети мне очень приветливо улыбаются, как будто действительно мне рады, а вот потом начинается что-то, на урок совсем не похожее! Во-первых, парты стоят не рядочками, а кругом, и в центре учительница нам рассказывает. Во-вторых, мы ещё и меняемся местами, неожиданно применяя только что услышанное, и никому не мешает то, что я в коляске. А потом ко мне подходит ещё одна учительница и спрашивает, не нужно ли мне чего-нибудь. Мне? На уроке?!

Я просто не знаю, что сказать, а учительница мне объясняет, что нужно обязательно говорить, когда я устала, или мне грустно, или кушать хочется. Она показывает мне уголок, где на подушках уже лежит какая-то девочка. Объясняя, что никто не хочет от меня героизма или чтобы мне было плохо. Я себя даже потерянно как-то ощущаю, потому что очень необычно всё.

Я знакомлюсь с девочками и мальчиками, они очень разные, но дружелюбные какие-то. Нет грустных, всем нравится школа... Мне вспоминается Валера, до которого никому не было дела, кроме меня. Я понимаю, что здесь это было бы невозможно. Одна девочка начинает плакать, к ней сразу же подходит учительница, чтобы утешить. Оказывается, у неё глазки больные, а она вовремя не сказала, что устала, а просто заплакала, когда больно стало. И её не наругали, а просто отнесли на подушки отдыхать, и все восприняли это нормально...

После урока я кидаюсь к сестрёнке, чтобы поделиться с ней, а учительница разговаривает с папой очень спокойным тоном. Не жалуется, насколько я слышу, а, наоборот, очень меня хвалит, мне даже немного смутительно становится.

У нас сейчас перемена, прямо на улице, но я не еду, потому что одеваться долго, просто сижу с сестрёнкой. Нас никто не задирает, даже не пытается что-то сказать или сделать, и это необычно для меня, даже очень. А потом у нас ещё уроки, сестрёнка внимательно смотрит, чтобы меня не обижали, но меня не обижают, потому что все вокруг очень добрые. Но я хочу узнать, не будут ли её обижать, поэтому мы едем в её класс, чтобы посмотреть на класс сестрёнки.

Она боится... Я вижу, что она боится, поэтому обнимаю её. Папа гладит нас обеих, но, когда надо въезжать в класс, Маша упирается, оглядывается на папу, и я вижу — она сейчас плакать будет. Что случилось, я не понимаю, но глажу её, чтобы она не боялась, папа не настаивает тоже.

— Давай я с тобой пойду? — предлагаю я сестрёнке. — Или папочка?

— Что случилось? — интересуется учитель — ну, дядя, наверное, учитель.

— У доченьки очень нехороший школьный опыт, —

объясняет ему папочка. — Боится буллинга. Насколько я вижу, подсознательно.

— Ага... — задумчиво говорит дяденька учитель и входит в класс, кого-то позвав.

Через минуту, наверное, из класса выходят большие мальчики и девочки. Ну, такие, как сестрёнка, они принимаются с ней знакомиться, разговаривать и убеждать, что её ни за что обижать не будут, потому что она хорошая. Сестрёнка спрашивает, почему они думают, что она хорошая, а они говорят, что это сразу видно. Маша сильно удивляется, но поехать с ними соглашается, поэтому они увозят сестрёнку в класс, а я с папочкой остаюсь ждать её.

Здесь тоже двери в класс со стёклами, поэтому нам с папой всё видно, что там происходит. У старших уроки проходят не так, как у нас, но тоже очень интересно, просто очень-очень. Маша очень быстро забывает, что ей страшно, начиная активно разговаривать, что-то перекладывать, о чём-то рассказывать...

— Папочка, — спрашиваю я, пока мы ждём, — а что случилось с тем... который дед... ну...

— Ох, доченька, — вздыхает папа. — Он собрал и выкинул из вашей квартиры все вещи — и родительские, и твои, но этим сам себя наказал.

— Это как? — удивляюсь я, не понимая папочку.

— Ты — гражданка Германии, — объясняет мне папочка. — Квартиру у тебя отнять нельзя — он не твой опекун и не законный представитель, то же самое с вещами. Поэтому дед твой в тюрьме. За воровство.

— Ой, — только и отвечаю я.

Жаль, конечно, всех моих платьиц и игрушек, но они у меня ещё будут, а вот то, что предавший меня дед в тюрьме, мне нравится. Даже очень нравится, хотя я и не видела того самого момента, когда он от меня отказался, но всё понимаю. Сестрёнка меня защитила даже от этого. Потому что она очень-очень хорошая.

После школы мы едем домой, теперь нам всем надо поговорить и обсудить. И решить, как мы дальше будем. Сестрёнка пугается сильно, но её защищают, по-моему, меня же просто не обижают. Наверное, мы можем теперь сами, потому что, получается, в сказке живём. Все вокруг слишком сказочное.

— А почему не домой? — удивляюсь я, увидев, что мы в другую сторону поворачиваем.

— В больницу, доченька, — мягко говорит папочка. — У вас реабилитация, надо позаниматься.

Я и забыла совсем! У нас каждый день — больница, куда нас папочка возит, а если папочка на работе, то мамочка или сестрёнка, тогда за нами микроавтобус из больницы приезжает. И мы на реабилитации ползаем, зарядкой занимаемся, а скоро начнём ходить. Очень скоро, потому что мы восстанавливаемся быстрее, чем папочка ожидает, и даже быстрее, чем доктора думают.

Мне кажется, что всё плохое закончилось, а впереди у нас теперь будет только очень счастливая жизнь. У меня... у нас есть Алёнка, мамочка и папочка, мы скоро встанем из колясок, поэтому всё-всё будет хорошо, потому что иначе быть не может, так папочка говорит. А раз иначе быть не может, то незачем нервничать.

Сестрёнка к концу своего урока уже улыбалась, я видела — значит, ей повезло, и никто её, как она говорит, «гнобить» не пытается. Почему-то другие ученики оказываются очень хорошими. И в моём классе тоже, вот только непонятно, нам просто повезло или так всегда будет? Я расспрашиваю папочку и узнаю, что в Германии буллинг бывает, но это обычно повод к очень серьёзным разбирательствам, даже полицию зовут помочь разобраться... За то, что сестрёнка делала, когда была бякой, она бы не по попе получила, а в тюрьму бы попала. А вот по попе в Германии нельзя — вот просто совсем! Здесь совсем-совсем запрещено детям попу бить.

По-моему, мы в сказку попали.

ТЕЧЕНИЕ ВРЕМЕНИ

СТАРШАЯ

Только со мной такое могло случиться! Стоило нам только приехать, только вчера я с младшей с горки каталась — и вот! Скрутило так, что разогнуться не могу... Ну, сначала я, конечно, пугаюсь, меня это всегда сначала пугает. Поэтому я сначала пугаюсь, потом пугается сестрёнка и зовёт папу.

— Папа! Маше плохо! — кричит она, стоит ей только увидеть меня, едва доползшую до кровати.

«Доползшую» — это выражение такое. На самом деле до кровати я дошла сама, своими ногами. Да. На ноги нас подняли за месяц. Это был очень тяжёлый месяц, и, если бы не мамочка с папочкой и Алёнкой, даже не знаю, что было бы. Но мы победили. И наша самая младшая, ангелочек мой — она тоже победила! Мы победили, сделав шаг из коляски. Иногда это было невмоготу просто, потому что ноги не хотели этой нагрузки, и младшая много плакала, ну и я плакала. А потом пришёл мой первый раз, и стало совсем невесело, потому что папа знал, что говорил. Менсис у меня очень болезненные, до обморока, только таблетка специальная помогает, но ощущения такие, как будто на кол этим самым местом посадили. Это из-за того, что в детстве ремнём лупили часто и сильно, так папа сказал, поэтому пока ничего не сделаешь, а после первых родов должно полегче стать. Для родов нужна любовь, а я мальчиков боюсь, так что не знаю...

Папа приходит, даёт мне таблетку, а дальше я просто лежу и тихо хныкаю. Настроение у меня такое — хныкательное, ну и к тому же мы сюда на три дня приехали всего, а я дней на пять — в таком состоянии. Так обидно, просто слов нет! Ну ещё и младшей радость испортила, потому что она отказывается веселиться, если сестрёнке плохо. Чудо моё... Просто такая волшебная девочка, мы её все очень любим, особенно я.

Пока лежу и хныкаю, у меня есть время подумать. Прошло уже два месяца с первого похода в школу. Одноклассники, они здесь коллегами называются, так радовались каждому моему успеху, что, казалось, я их сестра... И у младшей то же самое было. Когда она впервые пришла без коляски, её класс устроил шумный праздник, и никто по этому поводу ничего не сказал.

Мы всё так же снимся друг другу, поэтому, получается, совсем не расстаёмся, только на время школы. Но бояться друг за друга — уже не боимся, потому что все вокруг хорошие, чего ж бояться? А в семье, чтобы не путаться, нас называют просто Старшая и Младшая. Алёнка не обижается, хотя самая старшая у нас она, говорит, что так даже лучше.

— Так, Старшая прихворнула, — тактично произносит папа, информируя остальное семейство. — Младшая без неё никуда не пойдёт. Вопрос: кто-то хочет на горку?

— Ясный вопрос, папа, — улыбается Алёнка. — Понятно, что без младших мы никуда не пойдём. Поехали домой.

Раньше я бы расплакалась, а теперь уже нет, потому что привыкла: мы — одна семья, одно целое, и друг без друга быть не согласны. Хотя Алёнка специально покататься приехала, но без нас она не будет. Поэтому папочка кивает и топает вниз — выписываться и выводить машину. Мне немножко стыдно, что из-за меня все планы поменялись, но не сильно, потому что папочка говорит, что это нормально — поддерживать друг друга. Поэтому я не сильно переживаю, хотя есть, конечно...

Мамочка идёт собираться, она ничем не выказывает недовольства, и Алёнка тоже. Наша самая старшая садится рядом со мной, чтобы погладить и меня, и нашу самую младшую. Вот она как раз расстраивается, потому что думает, что из-за неё все уезжают, но Алёнка знает это и успокаивает Машеньку.

Сейчас папа подгонит машину, и мы поедем домой. Посидим пару дней дома, хотя младшую, скорей всего, выведут на площадку, а потом будет день моего рождения. Никогда не праздновавшийся раньше. Мне... Мне хочется чуда, хочется! Ну и что, что мне четырнадцать! Ой, мне же пятнадцать будет... Будет пятнадцать, а хочется, чтобы так, как будто я маленькая — куклы, стол со сладостями...

Я забываю в своих мечтах о том, что моя младшая всё знает, и мои мечты тоже. Конечно же, она делится с родителями, поэтому проходит совсем немного времени, как раз унимается живот, и вот однажды утром... Меня отпрашивают из школы, о чём я не знаю, а потом будильник играет «С днем рожденья тебя!» прямо с утра, поэтому просыпаюсь я не сразу. Первой на меня прыгает сестрёнка, а потом уже вся семья начинает поздравлять ещё в постели.

Папа берёт меня на руки, хотя я уже длинная и тяжёлая, но мне так уютно в его руках, что я и не думаю сопротивляться. Меня умывают, как маленькую, потом не переодетую, прямо в пижаме сажают за стол. Мамочка смотрит на меня с такой хитринкой во взгляде и просит открывать ротик. Я уже же взрослая, но они будто все мои тайные желания прочитали, которыми я даже с сестрёнкой не делилась!

Меня кормят с ложечки, задаривают подарками, обнимают, переодевают и ничего не разрешают делать самой. Это бы испугало меня ещё год назад, а теперь мне так тепло, так хорошо, так сказочно, что просто невозможно описать.

— А школа? — удивляюсь я.

— Отпросили тебя из школы, сестрёночка, — сообщает мне Машенька. — И меня тоже! Мы едем в сюрприз!

— В какой сюрприз? — спрашиваю я, уже понимая, что ответа не будет — на то он и сюрприз.

Я усаживаюсь в машину, Алёнка, специально приехавшая ради моего дня рождения, переставляет детское кресло младшей, поэтому я оказываюсь между сестрёнками, а потом машина начинает движение. Меня отвлекают разговорами и объятиями, отчего я не вижу, куда мы едем. Три часа пролетают совершенно незаметно, а вот потом...

Моя детская мечта! Однажды я увидела по телевизору репортаж об этом парке и тогда принялась мечтать побывать в нём хоть раз. Я знала, что это невозможно, это было такой волшебной несбыточной мечтой, ну как о ковре-самолёте или улететь далеко-далеко, где меня никто не знает, где не нужно выгрызать своё место под солнцем...

Красивые, высокие — просто до неба, американские горки. Захватывающие дух «мёртвые петли». Качели, карусели, кораблики... И ещё поезд маленький детский, в который я как-то помещаюсь. И монорельс, проплывающий над всем этим великолепием. Я визжу от восторга, как маленькая, я смеюсь и плачу, только сейчас полностью, окончательно приняв факт того, что я — не Бешеная Машка, а... Старшая... И больше никогда не буду той нехорошей девочкой, которая иногда приходит ко мне в страшных снах, в жутких кошмарах, от которых я просыпаюсь с криком и в слезах.

Но вокруг меня моя семья, поэтому я — самая счастливая девочка на свете. Самая-самая, потому что о таком я даже мечтать не смела когда-то давно и так недавно. У меня есть самая лучшая сестрёнка из сна... Самая лучшая семья... Самая лучшая жизнь. Весь кошмар закончился, и теперь я могу счастливо улыбаться солнцу, делая шаг в будущее. Интересно, получится у меня задуманное?

МЛАДШАЯ

Я сижу, сжимая кулаки, у самой гимназии. Моя сестрёнка сдаёт экзамен, а я переживаю. Когда Старшая пошла в гимназию, я тоже решила сюда пойти, потому что сестрёнка же, поэтому у учителей был повод посмеяться — две Маши с одинаковыми фамилиями. Почти пять лет прошло, и сестрёночка сейчас сдает последний экзамен, готовясь получить абитур, чтобы иметь право пойти в университет. Без абитура даже документы не примут, поэтому это очень важные экзамены.

Вроде бы совсем немного времени прошло, а кажется — вся жизнь. Я теперь многое понимаю, особенно то, чего не понимала тогда. Сестрёнка у меня — святая, какой бы она ни была нехорошей в прошлом, но для меня она будет святой, потому что спасала меня долгие полгода от очень страшных вещей. Согревала собой, дарила тепло, которого сама никогда не знала... Да и раньше... Теперь я понимаю, куда хотел однажды уйти биопапа, и куда ходила биомама. Я их так называю, потому что мои папочка и мамочка — это другие люди, и они — самые-самые. Папочка никогда не станет пить пиво за рулём, а мамочка не будет его в машине отвлекать. Это же элементарные правила!

Я знаю, что «там» была целая сеть очень плохих людей, которые все оказались в тюрьме, потому что был международный скандал. Я теперь знаю, что даже если бы не было новогоднего чуда, то я всё равно бы рано или поздно ходила, потому что есть специальные протезы. Да, мне было бы сложнее, но я бы справилась. С такой семьёй невозможно не справиться. Дедушка Мороз вернул мне детство, потому что дело даже не в ножках, а в чуде!

Сестрёнка моя старшая решила учить детей. Она поступит в университет и будет рассказывать детям, как плохо быть плохими. В этом она вся — объяснит, поможет, успокоит, согреет.

Алёнка вышла замуж год назад. У неё мальчик очень хороший и любит её так, как папочка и мамочка любят друг друга. Да, это для меня эталон. Для всех нас это эталон, потому что они самые волшебные на свете родители! А у Старшей тоже мальчик есть, но они пока только встречаются, потому что она хочет сначала выучиться. Очень целеустремлённая у меня сестрёнка, вот!

— Сестрё-е-е-енка! — раздается крик Старшей, и я бросаюсь ей навстречу.

Всё я вижу по её радостному лицу. Она просто счастлива, потому что стала ближе к своей мечте. Поднимаются со скамейки родители и Алёнка, животик которой пока не виден, но он есть. Алёнка будет самой лучшей мамой на свете, я знаю это! А однажды и я буду мамой... Когда я поступлю в университет, сестрёнка уже получит диплом и, наверное, выйдет замуж. У неё будет своя семья, но мы всё равно будем встречаться и наяву, и в наших снах, поэтому не расстанемся никогда. Это же правильно — не расставаться?

— Ну что, все всё сдали, год закончился, поехали? — интересуется папочка.

— Да! Ура! — прыгаем мы, ну и что, что большие уже. — Море!

Это нам подарок — целый месяц на море. Целый месяц

— пляжи, морская вода, аквапарк и много чего ещё. И даже прогулки на яхте, и... и... и... Это будет наш месяц, а на море мы полетим самолётом! Вот все вместе полетим!

Так и случается. Мы празднуем этот месяц, а потом возвращаемся, чтобы учиться дальше. У меня самый лучший класс на свете! А сестрёнке её группа в универе не очень нравится, но мы учимся, хотя иногда сложно, но у меня есть «трик», уловка, значит — мне сестрёнка во сне всё-всё объясняет, поэтому я быстрее других понимаю. И учусь поэтому только на отлично — сплошные единицы[1] в цойгнисе. Цойгнис — это справка такая, вот. А наши родители очень нами гордятся, и от их похвалы хочется летать, потому что это очень-очень...

Я очень хорошо понимаю, что если бы не сестрёнка, то меня на свете не было бы, я бы просто не выдержала ни того холода интерната, ни равнодушия школы. Я не смогла бы сопротивляться нехорошим людям, и меня разобрали бы на детальки, чтобы кто-то другой пользовался частями меня. Иногда мне даже снится, как меня разбирают, потому что у нас с сестрёнкой бывают и обычные сны, а не только те, в которых мы всегда рядом. Почему так происходит, я не знаю, но и не задумываюсь. Пусть всё будет, как будет...

Как-то незаметно пролетают годы, и вот уже Старшая — молодая учительница, но она сидит сейчас на той же скамеечке у гимназии рядом с немного постаревшими родителями, сжимая кулаки, а я, сдав последний экзамен, на цыпочках подкрадываюсь к ним, чтобы оглушить счастливым визгом. Я хочу стать врачихой. Это моя мечта с того самого дня, когда папочка увидел, что нас с сестрёнкой неправильно оперировали. Ну и быть такой, как папочка, конечно.

— Ви-и-и-и! — визжу я, при этом давно заметившая меня сестрёнка старательно пугается, а Алёнка со своим маленьким на руках только улыбается.

Мамочка и папочка очень радуются за меня, и я знаю — у нас всегда всё будет хорошо. Вон и мой бойфренд спешит с букетом цветов... Знает, какие я люблю, посерьёзнел после разговора со Старшей. Она его допросила «с пристрастием» — так, что я думала, он меня бросит, но он не бросил, а начал себя вести, как правильный мальчик. Всё-таки волшебная она у меня. И я у неё, конечно же! А как иначе?

История о злой девочке, ставшей хорошей, и о её сестренке-ангелочке заканчивается. Эта история была очень непростой, даже Дед Мороз совершил свои чудеса, но главное в ней, пожалуй, не это. Главное в этой истории, как и во многих других моих историях, — это тепло семьи. Тех самых людей, которые поймут и примут, что бы ни случилось. Добро не всегда рождает добро, а вот зло всегда порождает только зло, поэтому девочке для того, чтобы измениться, понадобилось почувствовать себя незащищённой, а желавшие сделать доброе дело помощник Деда Мороза вместе со Снегурочкой это доброе дело сделали. Пусть не всё получилось так, как им виделось, но на самом деле в результате счастье обрела целая семья, спасши по пути многие жизни.

В далёкой стране чиновники задумались, что тоже уже можно было бы считать победой. А две Маши жили своей счастливой жизнью, как и мечтали когда-то. Их мечта исполнилась. И пусть исполняются все яркие, искристые, волшебные детские мечты. Пусть дети улыбаются и радуются новому дню. Пусть так будет всегда!

СНОСКИ

ХОСПИС

1. Такое бывает от резкой смены обстановки, например, при «тихих» инсультах.

БОЛЬНИЦА

1. Маленькие дети не могут точно идентифицировать локализацию боли.
2. Острый Коронарный Синдром — любая группа клинических признаков или симптомов, позволяющих подозревать нестабильную стенокардию или острый инфаркт миокарда. Считается, что в таком возрасте у детей не бывает.

ЗДРАВСТВУЙ, ШКОЛА!

1. Полностью соответствует реальности как минимум инклюзивных классов. В начальной школе учителя очень озабочены мотивацией детей, не обязательно особенных.

ТЕЧЕНИЕ ВРЕМЕНИ

1. В Германии единица — отличная оценка, а пятерка — как раз наоборот.

www.ingramcontent.com/pod-product-compliance
Lightning Source LLC
LaVergne TN
LVHW021331080526
838202LV00003B/134